La Venise sauvée, suivie des Poèmes

被拯救的威尼斯
—— 附薇依诗作

[法]西蒙娜·薇依（Simone Weil）◎著

吴雅凌◎译

Simone Weil

华夏出版社
HUAXIA PUBLISHING HOUSE

本书依据 1968 年伽利玛版本（Simone Weil, *Poèmes*, suivi de *Venise sauveé*, Collection ESPOIR, fondée par Albert Camus, Gallimard, 1968）译出。

目　录

笔　记[*]

1

第一幕第一部分。某种期待征服的欢乐冲动。有一场里，每个人都说："当初在那种境况（绝望的困境）中，我何尝想过……不过，我当时确乎感到，命运还欠我一次翻身机会，不管来得早还是来得迟，我在等到以前不能死。"

要让他们最大限度地给人好感。要让观众期盼这次行动能够成功。直至何诺发表长篇讲话，要使观众产生和加斐尔一样的印象。

　　* 1943 年在伦敦期间，薇依请家人把《被拯救的威尼斯》的未完成稿寄给她，一同寄出的还有与这出悲剧的创作和思考直接相关的 27 条笔记，此处一并译出。

2

整出戏从一开场就要强调威尼斯的和平①，以及威尼斯人对临近的灾难一无所知。

3

第一幕——还有第二幕——要清楚表明，这场阴谋的参与者是一群被流放的人，一群背井离乡的人。

他们恨威尼斯人能在故土安居乐业——所有人，除了加斐尔（是的，也包括皮埃尔）。

他们厌恶自己的单调人生，这隐约促使他们因行动计划而感到振奋。要在戏中提到厌烦。

4

第一幕，帝国的概念。

没有扎根的社会，不是城邦的社会，罗马帝国。

一个罗马人永在以我们进行思考。

一个希伯来人同样如此。

---

① 原文中的斜体部分均为薇依本人标注的重点符号，译文用楷体以作区分。

对谋反者而言，西班牙和谋反行动与社会有关。威尼斯则是城邦。

城邦不会让人想到社会。

扎根不是社会，而是别的。

5

加斐尔。受难。受难情绪之一或许在于，一个人不想让周遭的人蒙受痛苦、耻辱和死亡，那么他必须要独自承受这一切，不管他愿不愿意。类似于某种精准的数学运算，排除多少罪过，就要承受多少不幸来抵偿，这样灵魂才能顺服恶（却是另一种形式的顺服）。反之亦然，一个人的美德在于把正在承受的恶保留于己身，在于不借助行动或想象把恶散布到自身以外并以此摆脱恶。（对空的接受。）

纯粹的存在 = 不变式。

6

"自我"的毁灭性不幸。摧毁现实，剥夺世界的现实性。潜入噩梦。但与之相应的行为也把现实性转化为梦。

在一个坏行为的两端是否存在某种相似法则，坏行为对做出坏行为的人和遭受坏行为的人做出相似的恶？

是否存在同样的善的法则？

如此，行为如语言。如艺术品，诸如此类。

人类以一次行为来传达某种东西。

在《被拯救的威尼斯》中强调这一点。

7

加斐尔。在戏中某个时候要让人感觉，善才是不正常的。事实上，在现实世界本亦如此。人们没有意识到而已。艺术要呈现这一点。不正常的，但有可能的。善亦如此。

此外还要让恶显得平庸、单调、阴暗且令人厌烦。

8

诸如价值这样的东西对我们而言并不真实。借助那遮蔽感知的想象，诸种虚假的价值甚而剥夺了感知本身的现实性，因为这些价值不是被推断，而是在与之相连的感觉里直接被读取。

因此，只有彻底的超脱才能拨开虚假价值的迷雾，看清事物的原样。所以约伯需要毒疮和粪便为他揭示世界之美。超脱不可能没有痛苦。而在不带仇恨和欺骗的受苦里也不可能有超脱。

（要在《被拯救的威尼斯》中再现这个过程。）

9

有关社会的一种神圣标签：包含一切许可的令人陶醉的混合体。乔装的魔鬼。

然而还有一座城邦（威尼斯）……城邦不是社会的。城邦是一种人类环境，除呼吸的空气以外，置身其中的人再也意识不到这个环境。城邦是一个契约，与自然、过去和传统的契约。城邦是一种μεταξύ［中介］。

第二幕。维奥莱塔要在加斐尔情感最为激昂的时刻出场。她走后，皮埃尔讲了一大段话回应加斐尔。加斐尔沉默不语。在与皮埃尔告别时，他像在强迫自己似的说："你说得对，在这种时候，我们眼前的一个男人或一个女人又算得了什么？"

皮埃尔的话要与旧约相连。

在第二幕中，加斐尔的话——对皮埃尔、对何诺、对维奥莱塔——全部语带双关。

在他的灵魂深处究竟发生什么，始终是一个谜。

在第二幕中，加斐尔只在两处流露心声。一处是对皮埃尔倾诉友情，一处是对维奥莱塔倾诉对威尼斯的爱（在加斐尔眼里，维奥莱塔就是威尼斯的化身——稍后他用一行诗告诉她，但没有直接挑明内中关系）。但这样的表白是相当克制的。与第三幕的充分流露形成对比。

第一幕只有一种节奏，也就是谋反的冲动。

第二幕有两种节奏，冲动之外，还有加斐尔的静止。

第三幕，只有静止。

10

第二幕结尾处，加斐尔的沉思时刻，也是现实进入加斐尔内心的时刻，这是因为他当时全神贯注。

前两幕的心跳，标出时间节奏。

戏剧的心跳。

戏剧（或史诗）。人类命运秩序中的第三维度——《俄狄浦斯王》——《酒神的伴侣》——加斐尔……

艺术和第三维度。音乐呢？

11

第二幕。要让人感到，加斐尔的退缩是超自然的。

加斐尔。让时间停驻是超自然的。

正是在那一刻，永恒进入时间。

相信外在世界的现实性和爱外在世界的现实性，这不过是唯一和同一的事。

总的说来，信的手段是超自然的爱，乃至包含尘世万物。

一旦加斐尔意识到威尼斯的存在……

相信某物存在并摧毁它，这需要真正不容退却的责任。

12

被转化的诅咒。交代何诺、皮埃尔和加斐尔为什么（就个体而言）成为冒险家（正如雇佣兵们和交际花的各自境遇）。这次行动为什么（就国家而言）是西班牙的行动。

恶自动转化为赎罪式的受苦。

13

悲悯从根本上是属神的品质。不存在属人的悲悯。悲悯暗示了某种无尽的距离。对邻近的人事不可能有同情。加斐尔。①

---

① 薇依此处用"悲悯"（La miséricorde），下文则一律用"怜悯"（La pitié）。

14

幸福的无知。维奥莱塔。这同时是一种无比珍贵的东西。然而，这是一种不稳定的易碎的幸福，一种偶然的幸福。苹果树上的花。这种幸福不与无知相连。

15

第三幕开场，众囚犯依然带有前两幕中的狂热冲动，这冲动因囚禁、临近的死亡和酷刑而遭到强烈的压抑。要让人感觉到这一点。

唯有加斐尔一刻也不曾受到冲动的影响。他从头到尾是静止不动的，维奥莱塔及其父亲也是。其他人全部受到强烈的感染。

整出戏中的冲动，或强烈的活力，直至加斐尔的独白时刻。在那一刻，冲动戛然而止，一败涂地。自那以后一切停滞不前。

第三幕包括两个部分。加斐尔说话而无人应答。别人对他说而他不回答。

早在众囚犯的那场戏里，已出现呼喊而无人回应。

16

在加斐尔的哀求和绝望中，也许还要进一步强调无人回应的沉默。

在此之后，强调加斐尔的沉默。

17

众死囚的那场戏。第一部分很短。第二部分无限拉长。其中一个囚徒："他们想杀我就杀吧，但我不要受酷刑。"

在这一场戏里，囚犯们提到雇佣兵遭受的酷刑。他们被拷打并被绞死。

一个说："可是我们，他们不可能也这么对待我们。我们是有身份的人。"另一个说："他们会这么做的。他们已经告诉我们。"

一个军官说："我是有身份的人，我不要被处以绞刑。"

另一个说："我不要被严刑拷打。"

另一个说："我想得到谅解。"

18

简单重复的力量，来自黑人灵歌的启发。不停歇地重复，直至听者神经受损。在《被拯救的威尼斯》中运用这个方法。在众死囚的那场戏中。还有他们辱骂加斐尔时。

19

第三幕，书记官只对加斐尔说过两次话。甚至只有一次？在其他时候，他只对手下侍从说话？是的。

加斐尔。他要自问："我存在吗？"尤其还要自问："我是否被变身成一头兽？"

20

加斐尔沉默不语的那场戏。要有一个戏剧性焦点。这个焦点就是让加斐尔说话。"说说看，你为什么先背叛威尼斯再背叛你的朋友们？一个叛徒在叛变时想些什么？告诉我们。你是不是觉得自己是和犹大一样的叛徒？你可能没有彻底交代，可能还能透露出一些小秘密。既然他的朋友们在那边受刑，不如我们在这里也给他一点折磨？他们全在受苦，这一位凭什么丝毫无损？"

21

在死囚的那场戏中，对话要简短。第二部分则要延长，让每个人各说各话。

学徒在折磨加斐尔时，要有另一个人参与进来，延长这场戏。

维奥莱塔出场时，其他人全部退场。维奥莱塔最后出场要独自一人。

这样的话，匠人们的对话要跳过去——或者，放到前一场戏中间更好些。不如放在前一场戏的开头，在学徒说话以前。

22

第三幕中，与其让加斐尔做出回答（"去哪里？"，以及"谢谢。我想吃想喝。"），不如让他保持沉默，让其他人就他的行为做出评判（他贪婪地抓过那袋钱）。"没必要再问他为什么会背叛朋友！"

进一步加长这场加斐尔沉默不语的戏？他最后一次说话，紧接着是维奥莱塔的收场语。在这两次独白中结束某种让人无法忍受的压力。

23

最后有这样一段对话："他好像要说话。"——"啊！他会说话！我还以为他是哑巴。"——"不，看哪！他什么也没说。"——"会的，他要说了，听哪！"在此之前是学徒的话。还要强调："他不说话真让我恼火。"

24

自古希腊以来，第一次重拾完美的英雄这一悲剧传统。

25

戏剧。戏剧必须让人感知到内在和外在的必然性。

在舞台上——先是一幕戏的缓慢成形，现实世界就在舞台周遭——然后是一幕戏迅速进入世界。

26

诗行。诗必须为读者开创新的时间，否则达不到预期效果。正如音乐（瓦莱里），一首诗要从沉默中来又回到沉默中去。

诗的构成元素。首先要有时间，有始有终的时间。这对应什么？其次要有词语的趣味：每个词语要在文中特定的语义和其他可能的语义之间具有最大限度的趣味，要与各个音节的发音相互配合或正相对比，要与前前后后的词语相互配合或正相对比。

27

《被拯救的威尼斯》。注。

1618 年，西班牙驻威尼斯大使贝德玛尔侯爵策划了一次谋反威尼斯的计划。西班牙在当时征服了几乎整个意大利，此次计划旨在收归威尼斯为西班牙王的新领地。基于大使身份的考量，贝德玛尔隐身幕后，把执行任务托付给两个人，一个是年事颇高的法国领主何诺，另一个是皮埃尔，后者是来自普罗旺斯的冒险家，负有盛名的船长和航海家。他们收买大部分驻威尼斯的雇佣军和若干为威尼斯政府服务的外国军官。依照行动计划，他们要在深夜偷袭，同时占据几个标志性地点，并在城中多处制造火灾引起恐慌，所有试图抵抗的人格杀勿论。他们选定在圣灵降临节的前夜行动。加斐尔是行动指挥之一，他出于对威尼斯的怜悯向十人委员会告密，致使行动失败。有些历史学家，尤其西班牙史家，否认这次谋反真实存在过，但他们所能提供的证据极为薄弱。可以肯定的是，十人委员会事后处死好几百人，贝德玛尔被迫离开威尼斯。

三幕悲剧

被拯救的威尼斯

故事情节

依据圣—雷拉尔修士记载的 1618 年西班牙人谋反威尼斯事件①。

人物

加斐尔：船长，普罗旺斯人

皮埃尔：同上

何诺：法国领主

三名军官

三名雇佣兵（国籍?②）

交际花：原籍希腊，威尼斯庶民

十人委员会书记官

维奥莱塔：书记官的女儿

巴西奥：书记官的心腹

书记官的侍从

威尼斯匠人

威尼斯学徒

---

① César Vichard de Saint - Réal（1645—1692），十七世纪法国作者，尤擅历史故事的记载。薇依参照的当系其于 1674 年出版的《1618 年西班牙人对威尼斯共和国的谋反事件》一书（*Conjuration des Espagnols contre la République de Venise en l'Année M. DC. XVIII*，176 页，1683 年再版，出版者系巴黎的 Claude Barbin）。

② 原文中的斜体部分乃是薇依本人对未完成文稿的批注，译文用仿宋体以作区分。

地点

威尼斯

第一幕：交际花家中（圣马可广场附近）

第二幕：圣马可广场（也许钟楼顶上？）

第三幕：圣马可广场，或总督宫殿

时间

第一幕：圣灵降临节（威尼斯城与亚德里亚海的联姻仪式①）前夜，黎明前的几个小时

第二幕：同一日

第三幕：节日当天，始于深夜，终于黎明时分

---

① Mariage de Venise avec la mer，与海联姻。威尼斯共和国的重大节日，在圣灵降临节当天举行，相关庆典仪式由威尼斯总督亲自主持，包括将一枚金戒掷入亚德里亚海，象征威尼斯对大海的统治。

第一幕

第一场

第一部分，即何诺长篇讲辞以前（注意：剧中人物在本幕中全部出场，在房间里移动走位）。

两名军官

再过几个小时，我们将在这伟大的威尼斯看最后一次日出。明天日出时分，这一切将归西班牙王所有。完成这番大事的是我们。我们这群流放者。诸如此类。

回忆从前遭遇的不幸和迫害，他们中的多数人因此被迫成为冒险家——强调这一点。

谈论这次谋反行动，展望即将到来的荣华富贵，提起西班牙驻威尼斯大使贝德玛尔、何诺、皮埃尔和加斐尔。依次赞美这几个人（简洁的人物刻画），尤其赞美加斐尔。他们更希望他是他们的头领。他生来就该做头领，那么高洁、傲气十足、狂热，同时又那么正直、温和。他生来就该做大事。甚至比皮埃尔更适合……但加斐尔为皮埃尔高兴，他们是那么亲密的朋友！另外，此番真是谋反者的奇妙聚会，真是精挑细选的一群人。保密万无一失。别的话题；事成后的人生规划。

第二场

（出场者：军官、皮埃尔；稍后是加斐尔、何诺；其他军官）

军官祝贺皮埃尔时来运转。他将在隔天夜里指挥攻陷威尼斯的行动，随后将以西班牙王的名义治理威尼斯及其所有附属地。这几乎就是囊中探物，毫无悬念的事。这是怎样的荣耀和权力啊！"不过您当之无愧。"军官请求他当权后莫忘旧相识。皮埃尔允诺军官，承认自己是幸运的人。不过，在命运对他的种种眷顾里，有一样他最是看重，在他眼里，别的完全比不上，那就是他有一个朋友。对话谈起这个朋友、他们的友情和广义的友情。

皮埃尔

加斐尔比我更配拥有这样的好运气。但他根本没想过。他只是高兴我获得命运的眷顾。至于我，我也会欣然把这一切转让给他。名利抱负都不能拆散一对朋友，还有什么能拆散他们呢？

军　官

人们说，再牢固的友情也有可能因为女人而破裂。

皮埃尔

这不可能发生在我们身上。因为，年轻漂亮的姑娘在我看来都一样，况且到处都是。我找她们无非是寻欢作乐。随便哪个情人，我愿意把她让给我的朋友，不会迟疑片刻。加斐尔则是那种男子，他若爱上一个姑娘，就会尊敬她，连同她的选择，即便她爱上别人，他都会尊敬。我想，他若爱上一个姑娘，又以为那姑娘喜欢我，那么，他甚至不会对自己承认这份爱情（强调这一点）。何况，我们也常说，我们从没遇到一场爱情能够与我们的友情相比。我是他唯一亲近的人，他也是我唯一亲近的人。你们没法想象我们的友情是什么样的。没有什么能威胁这份感情。我把在座的各位视同兄弟，加斐尔也一样。我们彼此之间却比兄弟还亲。若不能和他分享，眼下的好运气不能带给我欢乐。

军　官

何诺有话说。

何　诺

长篇讲辞，语气极为兴奋，内容包含谋反的相关事项。盛赞谋反行动的目的。

这篇讲辞里要有对谋反者的从前生活的影射，这在接下来还要作为一个隐藏的主题不断出现。几乎所有谋反者都是因为不幸的困境和遭遇残暴的迫害转而干起谋反的行当。何诺被放逐出法国，皮埃尔和加斐尔被放逐出普罗旺斯，诸如此类。

你们将创造历史。推翻一个专制政权，这个政权擅长玩弄诡计，为其公民所憎恨，与整个欧洲为敌。在你们的努力下，整个欧洲必将团结在哈布斯堡王朝①的统治下，统一的欧洲战舰穿行于各大海洋，必将征服整个地球，促进人类文明开化，皈依基督宗教，正如西班牙对中南美洲所做的那样②。这一切将归功于你们。

（其他话题:）③

哈布斯堡王朝如若不坚守欧洲和平，就会在三十年

---

①　Habsburg，西班牙哈布斯堡王朝，1556 年至 1700 年间统治西班牙、西属尼德兰、意大利部分公国的家族。

②　第二幕第四场，皮埃尔对加斐尔的话中暗示征服美洲的殖民者科尔特斯。

③　法文本右对齐的说明文字，译文加括号以示区分。

战争①中被摧毁。奥地利王室距离统治世界仅一步之遥，如若丧失这个机会，就会出现各种漫长且代价昂贵的流血斗争。

奥斯曼帝国的威胁。② 建立基督宗教统一体的**必要性**。要让西班牙显得是由于某种**外在的**必要性才不得不策动谋反。有关必要性的推动（从个人层面和从国家层面）这一主题还将出现在第二幕何诺与加斐尔的对话中。

因此，尽管我们的行动必定是暴力恐怖的——

用六到七行诗描绘劫城，也许更长篇幅？

你们不能停止行动。这是过渡性的损害，目的是为了长久性的福利。

（援引旧约。）

荣耀属于你们。诸如此类。

———————

① Guerre de trente ans，三十年战争。从神圣罗马帝国内战演变而成的欧洲各国均有参与的系列战争，时间为1618年至1648年。最终以哈布斯堡王室战败告终，西班牙在战争以后走向衰弱。战争爆发前夕各国均设有常备雇佣军，也正是本剧的主人公。谋反者们在戏中谈起这个话题，再自然不过。

② Danger turc，这里指奥斯曼帝国在当时频频进犯哈布斯堡王朝的东部边界。

身为谋反者，他们的名利抱负只能在类似的行动中找到出路。

第一部分的总体气氛：欢乐，骄傲，众人陶醉在行动和权力中，无一丝不安的阴影。犹如一群东方王侯①。

第三场

（出场者：何诺、皮埃尔）

第二部分，即何诺讲辞之后。

皮埃尔称许何诺的讲辞。他注意到何诺的不安，问其原因。一切不都顺利吗？何诺推就几次才解释道，他讲的时候看见，在一旁倾听的加斐尔的脸变得苍白，变了样子。他担心会出意外。他害怕所有人因此遭殃，他主张处死加斐尔以作补救。皮埃尔震惊不已，竭力反对。他替加斐尔担保。他深知他的勇气和忠诚，他对朋友们的温和。加斐尔是出于对他皮埃尔的友情才参加这次谋反行动的（回忆事情经过）。他当时远离威尼斯，在不知详情以前，仅仅为了皮埃尔就发誓加盟。皮埃尔让他参与谋反行动（？）。他会背叛这份友情吗？为什么？他是害怕吗？加斐尔从没害怕过。他在帮助朋友时是那么英

---

① Raja，也译拉者。源自梵文 rājan，在南亚、东南亚和印度等地是对国王、土邦君主、酋长的称呼。

薇依
作品集

勇热情，无所畏惧。何诺坚持己见。他有丰富的阅历，他很清楚有这样一类人，他们投身参与一项重大行动，却在实施的关键时刻出岔子。加斐尔的脸变了样，恰恰就发生在何诺交代实施方案的时候。单凭他从前的英勇行为不足以证明他有勇气参与谋反。一次谋反行动要求具备特殊的勇气，一个人就算准备好面对许多别的危难，也有可能欠缺这种勇气。在类似情况下，唯一的补救方法是杀人灭口。自然，这是让人难过的事。何诺也喜欢加斐尔，但非如此不可。在准备改变世界的时刻，一条性命又算什么？皮埃尔竭力证明，单从谋反行动的角度看也不应该处死加斐尔。他深受众人爱戴和尊敬，他的死不可能不激起轩然大波。不管何诺有没有告诉谋反者真正的理由，都会造成严重混乱。皮埃尔叫来一名军官。

第四场

（出场者：何诺、皮埃尔、军官）

皮埃尔对军官

我和何诺在考虑一个问题。万一我出了事，谁最适合替代我？

军　官

加斐尔，毫无疑问。所有人都会这么回答您。

皮埃尔

你怎么看加斐尔？我和他太亲近了。有时候我也会好奇，他在那些比较不熟悉的人眼里是什么样子。

军官用简单几句话赞美加斐尔。天生的头领。底下人都渴望服从他的命令。高贵正直。皮埃尔让他退下，叫来另一名军官。

第五场

（出场者：何诺、皮埃尔、另一名军官）

几乎是同样的场景。赞美加斐尔的内容略有不同。（第二名军官是加斐尔当年在摩尔人那里被俘又逃脱时的同伴？描绘加斐尔面对命运打击时的坚忍顽强和从容安详，以及这些品质偶尔会因为怜悯而动摇？）

第六场

（出场者：何诺、皮埃尔）

皮埃尔

您看，您不可能处死他而不在我们的人中激发起危险的不安情绪。

何　诺

我很清楚，但是，我真的相信他会给我们造成严重威胁。处死他是唯一的解决办法。

皮埃尔

您竟对我说这种话。要知道，如果有人提出把神圣罗马帝国的王权交给我，作为交换条件要处死他，那么我情愿放弃王权。为了拯救他的灵魂，我情愿牺牲整个大地和全体人类。您认为他活着对您来说是个危险，但万一我做了您的死敌，不顾代价想要您的命，那不是更危险吗？

何　诺

别这么说。没有您的允许我什么也不会做。当初邀请您加入这么重大的行动，这必将改变世界面貌并决定未来世纪的行动，我本以为，您为了确保成功会不惜牺牲各种感情。我们要求每个人都有这样的决心。

皮埃尔

是的，各种感情，这是真的，只除了一种，只除了我和他的友情。您可以要求我做别的任何事情，只是不要碰我的朋友。

何　诺

好吧，我让步，我希望您这么信任他是对的。不过，请您听清楚，我预感到您的朋友会让我们遭殃。他出过一次岔子，还会有下一次。您到时会后悔没有听从理性。也许，合格的谋反者必须是一个没有爱的人。

皮埃尔

我了解他，您会看到的，他将是我们的最佳支援。

何　诺

也许您是对的，但我担心事实刚好相反。无论如何，大伙儿去睡几个小时吧。

第七场

最后一场，简短。一名军官开口说话——

军　官

看哪，天快亮了。下一个日出时，这座城市将蜷伏在我们脚下。我们将成为主人。

（落幕）

第二幕

第一场

（出场者：皮埃尔、何诺）

皮埃尔收到十人委员会的命令，要求他当即离港出航。他不认为这是风声走漏的信号，但如若不服从命令，难免引发猜疑。他想出一个好主意：让加斐尔代替他，这天夜里率领谋反者攻城，随后治理威尼斯及其附属地。这样一来，就算他确实出过岔子——自然皮埃尔是不相信的，他也会因为这责任和这权力而重拾勇气。皮埃尔很高兴，加斐尔将会时来运转，这本是他应得的。皮埃尔让贝德玛尔侯爵接受替换人选，侯爵提出的条件是何诺也赞同。何诺同意了，但很意外。

何　诺

我绝不会让出这次谋反原本承诺给我的那份酬劳。

您知道，我将在马德里宫中得到一个重要职务。

他相信，但凡有思想的人无一例外都会竭力去行使自己有可能行使的权力。在他看来，这就是有思想的人的法则，正如重力是物质的法则一般。在他看来，主动放弃权力无异于违反自然。

皮埃尔

那是因为您不明白什么是友情。倘若这不是与加斐尔有关，您说的都在理。但加斐尔比我本人更是我本人。就是这样。您能否离开片刻？我来试探他。

第二场

（出场者：皮埃尔、加斐尔）

皮埃尔向加斐尔宣布替换人选的决定，语气几乎不带感情。加斐尔同时流露出惋惜和感激两种情绪。

加斐尔

这世上只有你才能这样谦让。但我不愿意。今天夜里我可以替你，不过随后……

皮埃尔

不，不，这样更好。此番成就交给你比交给我更合适。你更有能力。你终于能拥有这座你所爱的城。这座城邦，你是多么爱它呵！你将是它的主人。

加斐尔

是啊，这样的美将属于我，怎能想象？

这里要有一段抒发（最好出自加斐尔之口），提到时辰（正午时分），提到太阳的运行和光线的流动。

友情和幸福感逐渐升华，在情感爆发的至高点，维奥莱塔出场。

第三场

（出场者：皮埃尔、加斐尔、维奥莱塔）

因为节日，维奥莱塔脸上洋溢着纯澈的喜悦。

维奥莱塔

哦！我多希望现在就是明天！你们不曾见威尼斯的

节日吧？这世上没有什么能相比拟。明天，你们看了就知道！明天，我将向你们展现我的城最光彩夺目的美！怎样的喜悦呵！到时会奏起那么美的音乐！……

（蒙特威尔第[①]），诸如此类。她为皮埃尔到时不在场感到遗憾。加斐尔至少能看见……诸如此类。他们做出恰如其分的回答，加斐尔几乎不说话。

第四场

（出场者：皮埃尔、加斐尔）

加斐尔

我觉得你喜欢这姑娘。关于今天夜里，你有什么要特别交代的吗？要不要关照她的安全?

皮埃尔

不，不，今天夜里你要是忙这样的事，你就完了，你就会有太多重要的事要关照。我确实喜欢她。等事成以后，我会很乐意娶她，如果她没有在洗劫中被杀或被

---

① Claudio Monteverdi，蒙特威尔第（1567—1643），意大利作曲家，1613年起担任威尼斯圣马可教堂的乐团指挥，直至1643年去世。本剧取材于1618年的威尼斯故事，正与蒙特威尔第同时代。

糟蹋的话。不然我自有别的姑娘可找。从明天起，我们
只管在那群贵族小姐里头挑拣，特别是你，人又俊，神
气十足，又是长官。这些话就说到这儿。听着：你弄清
楚了今晚行动的每个步骤，是吧？

（提及某些技术上的细节问题。）

加斐尔

是的。

皮埃尔

还有——原谅我问你这个问题，我知道你的答案，
不过，迫于义务我不得不问一次——你准备好了担当这
次光荣行动的指挥工作，是吗？随着时间和行动逐渐迫
近，你丝毫没有感到任何畏惧和任何困扰，是吗？

加斐尔

没有任何畏惧，这是当然的。这样准备充分的行动
有什么好畏惧的呢？我很高兴能指挥这样一次伟大的行
动，能率领这样一群勇敢团结的部下，这就算放到数个
世纪里恐怕也是独一无二的。困扰也没有——除了昨天
夜里，当何诺讲话时，我因为怜悯这座城被洗劫而忍不
住有些心绪不宁。

皮埃尔

啊！所以你当时才脸色发白！这没什么。好些了不起的人物在实现一次伟大行动时都会感到片刻的怜悯，甚至流下眼泪。他们绝不会因此而有丝毫迟疑。罗马人当初也为迦太基流泪，但还是毁了那座城。

（影射科尔特斯①?）

我们造成的损害是必需的，再说，损害会是短暂的，也很有限。怜悯从来没有让任何人停止行动。这在人的感知中是最表面的一种情绪，往往会成为最勇敢的人的弱点，却不会进入灵魂深处。那些声称因为怜悯而停止行动的人，不过是利用这个词掩饰他们的恐惧。但是你，我的朋友，你从来没有害怕过。想到我们即将拥有的荣耀，那是怎样的欢乐呵！我希望明天快点到来。明天将是多么伟大的日子！明天你将获得你本该拥有的地位，成为万人簇拥和众所瞩目的中心，我太高兴了。

皮埃尔提及他们的个人命运和从前的悲惨境遇。

加斐尔

今天夜里，我怎能不努力超越自己，好配得上你这

① Hernán Cortès (1485—1547)，中南美洲的西班牙殖民者。第一幕第二场，何诺的讲话里提到西班牙人征服中南美洲。

个朋友？我会全力以赴，只求我们的计划得以实施。

皮埃尔

　　看哪！我的朋友，一夜努力将有何等辉煌的收获！
怎样的果实是你唾手可得的！你只要伸出手来。

（甜美的收成。①）

　　看看在你脚下的这座城。明天这将不再是想象。

（也许：）

皮埃尔

　　　　吾友，吾心所向，荣耀归你所有。

　　　　这城是你的城，今夜任你拥抱，

　　　　在致死的拥抱里让它顺服你，

　　　　任你占有，快意哉，做个主人！

　　　　天生你要征服，要以身率物。

　　　　明天，吾友，明天重逢的甘甜，

　　　　你对我历数这一夜壮举，一同遍行

　　　　这荣归我们的伟岸的城邦②，

---

　　① 英文：The sweet fruition。语出英国诗人马洛（Christopher Marlowe，1564—1593）的剧作《帖木儿》（*Tamburlaine*，2，7，26）。
　　② 法文中的 ville 译作"城"或"城市"，cité 译作"城邦"。

荣归我们，吾友。啊！我只盼明天！①

调整行文顺序。维奥莱塔要在皮埃尔和加斐尔的这段对话进行到最后部分时出场，就在皮埃尔念出诗行、加斐尔的情绪最为激昂之时。她要在对话的结尾处提到她以前退场。加斐尔几乎一言不发，只在最后说了一句："你说得对，在这样的行动面前，一个男人或一个女人的性命算得了什么？"

何诺来了。他的建议你全都得听。此人拥有惊人的洞察力，还有无穷且高明的政治智慧。

何诺的简洁肖像。（注意：在第一幕和第二幕之间加斐尔有没有睡着？在第二幕和第三幕之间他醒着。）

第五场

（出场者：皮埃尔、加斐尔、何诺）

---

① 正如第二幕收尾处薇依本人的说明，此处诗行乃是 Vers blancs en 14 syllabes，也就是统一为"十四个音节的不押韵的诗行"。从汉语现代诗的角度考虑，追求每行诗同音节字数而放弃节奏语感，似无太大意义，这里勉强试译为字数不等且不押韵的自由诗体。

皮埃尔对何诺

我走了。我现在很肯定这次行动会成功，就算我留下来也不会更放心。您大可以相信我。我了解我这位朋友。我们中没有谁像他这样天生就该做大事。他比我们强多了，他会证明这一点的。我真高兴他能在这里替代我。否则我会走得很不安。我一生经历过无数困境，没有一次畏惧过。但我得承认，如果说有一样东西让我怕得发抖，那就是威尼斯共和国的酷刑。人人都说就算英雄也扛不住那样的酷刑。如果说这等事值得畏惧，那么，活着落入十人委员会的手心，这个可能性确实让我怕得发抖。但有我的朋友指挥今夜的行动，就没有危险可言了。我们的准备万无一失；他的决心、他的胆气和他的谨慎都是无与伦比的。我们必然会成功。何诺，教导他吧，就像您教导过我那样。再会，我的朋友。我们暂时小别。明天此时，我们将重聚，我们将是荣耀加身的征服者。

第六场

（出场者：加斐尔、何诺）

本场是何诺向加斐尔上的一堂高级政治课，以便他

做好准备承担新的责任。何诺首先祝贺加斐尔，语气极
其恭敬。然后是一些技术性的细节。加斐尔问他有什么
建议可以在攻城过程中减少破坏。

何　诺

您尤其不能有这方面的顾虑。

加斐尔

可是，把这座城邦以尽可能完善的样貌献给西班牙
王，这不是我的使命吗?

何　诺

您的使命感值得感佩，但您现在若有这顾虑就会功
亏一篑。等事成以后再考虑这些吧，明天也不行，最好
是后天。

长篇讲辞（讲稿行文顺序待定）。

您看这座城和所有住在城中的人，犹如一件件玩具，
任人掷来掷去，随意拆坏。您想必看出来了，这就是与
我们同伙的那群雇佣兵的想法，甚至连军官们也这么想。
至于我们，当然了，我们是超乎这些的。我们要创造历

史。然而，甚至对我来说，像我们这样的……（再一次追溯过往的困境和身为谋反者和流放者的生存状态），今天看着这群威尼斯人带给我美妙的乐趣。他们是如此自信，自认为存在着。他们自认为都有一个家庭、一所房子，都有若干财产、书籍和珍稀的画。他们认真把自己当一回事。然而，自这一刻起，他们就不再存在了，一切只是幻影。这真的带给我乐趣，不过，对我们来说，这是次要的乐趣。对士兵们来说，这是唯一的乐趣。历史之于他们中的多数人又有何干？今天夜里的行动不会带给他们好运或荣耀；他们从前是士兵，将来还是士兵。要把这座城当成玩具赏给他们一夜，甚至延长到第二天。尤其您，身为头领，你若在威尼斯有什么特殊朋友，千万不要试图保护他们。否则军官们也会有样学样。就我们这样的行动而言，这类顾虑是致命的。这会削弱团队的士气。要给他们一次彻底的放纵机会，但凡抵抗的，甚至是让他们开心的，都允许他们去摧毁。只有这样才能让我们的行动势如破竹，一举成功。

但这么做同样是为威尼斯人着想。从明天起，这些人将成为西班牙王的臣民。为他们着想，必须一劳永逸地打击他们的勇气，让他们不流血牺牲就顺服。除此以外没有别的办法。因为，尽管我对谋反者公开讲过那些话，几乎所有威尼斯人都憎恨西班牙，都深深热爱他们的祖国和他们的自由，无论平民还是贵族。您若不一劳永逸地打击他们的勇气，他们迟早会起来反抗，镇压叛乱势必造成更多的流血牺牲，也势必比攻城暴行更加损害您的声名。发生在今天夜里的暴行不会危及您的声名，因为人人知道士兵们在一场洗劫中如何大开杀戒。等他们开始做得过火了您再来制止。只要是您在恐怖事件以后重建秩序和安全，这里的人将盲目地顺服您。他们顺服您并非出于本意，但真正的领袖都喜欢这样被顺服。很快他们就会爱戴您，因为只有您能决定他们的命运好坏。人若是绝对依赖一个人，就会爱戴这个人。不过必须在今天夜里彻底改变他们。您看他们，多么骄傲、自由而快乐。等到明天，他们中将没有人敢抬头看您手下最不起眼的雇佣兵。随后您将从容地治理这个城市，轻松地为您自己赢得荣耀，前提条件是您得费些功夫去挫伤贵族，这能震慑民心；您还得满足个别自由民，委派给他们一些从前贵族拒绝给他们的职位。当然，这些职位必须不涉及利害关系。贵族不应该再有什么地位；他们从前那么骄傲，不肯屈尊对外国人说话，从今往后他们未经授权就什么也不许做，包括交易、结婚和移动，他们为申请许可要久久等在西班牙人的候见厅里。

必须让这里的人在今天夜里和明天感觉到他们只是玩具，必须让他们感觉到没有希望。必须让他们突然发现脚下踩空并且永远会踩空，他们只有顺服您才可能站稳。这样一来，就算您冷酷无情地统治他们，就算您手下的士兵杀害过他们的父亲或儿子，玷污过他们的姐妹或女儿，他们照样会把您当成神。他们会紧紧抓住您不放，就像小孩抓住母亲的衣角不放。不过要做到这一点，必须是今天夜里一切都不被尊敬，凡是他们视为永恒和神圣的，他们的身体和他们所珍惜的人的身体，必须让他们眼睁睁看着这一切被交到那群士兵手里，就像玩具被交到一群孩子手里一样。必须让他们第二天再也不知道他们究竟是谁，再也认不出他们的周遭，再也认不出他们自己。这也是为什么，除了那些必须被铲除的反抗者以外，最好是让屠杀进行得更彻底些，以便让那些幸存下来的人在忍耐中受苦，因为他们眼睁睁看着某个心爱的人被杀死或被玷污。这以后就可以对他们为所欲为。

加斐尔

我看着这座城，这么美，这么强大，这么平和，我想到我们几个无名小卒在一夜之间将成为它的主人，我觉得自己在做梦。

何　诺

是的，我们是在做梦。从事谋反行动的人是做梦者；他们喜爱梦境甚于现实。不过，他们借助武力禁止别人去做他们做的梦。征服者活在自己的梦里，被征服者活在别人的梦里。所有在今天夜里和明天白天活下来的威尼斯人将到死也不知道他们究竟是在做梦还是醒着。不过，从明天起，在他们眼里，他们的城邦、他们的自由、他们的权力将比一场梦更不真实。武力使梦比现实更强大，由此造成的惊愕迫使人顺服。从明天起，必须让他们自以为始终臣服于西班牙而从未有过自由。天空、太阳、海洋和石头的建筑物在他们眼里将不再真实。孩子们一出生就陷入背井离乡的状态。必须让他们在激烈的冲击下被剥夺真实感。我们的行动之夜是节日的前夜，原本是节日的太阳升起在毁灭之日，这样很好。这是再好不过的纠正。明天他们起床时，等待他们的将不是节日，而是截然不同的东西。

　　诸如此类。非现实的主题。迦太基。卡塔赫纳。波斯波利斯。①

　　在制止过火的谋反士兵、重建秩序和安全之后，您在治理时继续做到冷酷无情，这也是好的。必须彻底改变他们每一天的生活。必须让他们时刻感觉不是在自己家中，而是在别人家中，任凭别人的摆布；只有这样，

---

　　① 历史上三个被洗劫的文明古城。腓尼基古城迦太基（Carthage）在公元前三至前二世纪的布匿战争中被罗马人打败而亡城。罗马古城卡塔赫纳（Carthagène，又称"新迦太基"）在公元五世纪与汪达尔人的战争中失败并遭洗劫。波斯古城波斯波利斯（Persépolis）则是在公元前四世纪毁于亚历山大大帝之手。

他们才不用流血牺牲就顺服您。除此以外，他们怎可能听任自己在一夜之间变得一无所有呢？摧毁众多的教堂和壁画，在同一地方建造西班牙风格的教堂，这也是好的。他们就连在追寻神的时候也不断看见自己憎恨的东西，就会明白自己生来不得不顺服。必须彻底禁止他们的歌唱、他们的演出和他们的节日。把他们的画家和乐手送到马德里宫中，让他们在宫中受到器重。必须让这里的人感觉他们在自己的国家却如外国人。连根拔除被征服族群的精神基础，这从前是也永远是征服者的策略。必须彻底毁坏这座城邦，让它的公民们感到，即便是一场成功的起义也不可能让城邦复活，这样他们就会降服。您是他们的主人，从此以后，您的意愿、您的偏好和您的梦想必须就是他们唯一的现实。所有人被迫活在您一个人的梦里。您想让某人死，这人就得死。必须让每天发生的每件事都在告诉每个人，他能活多久完全凭靠您的意愿。他们的生活方式必须符合您的想法。他们的生和他们的死只不过是您的一场梦。还有比这更辉煌的命运吗？这就是胜利的甜蜜果实！您应该感到多么幸福啊！

加斐尔几次打断这场长篇大论，提了些常见的问题。一开始，他的语气带着尊敬、热忱和真诚的仰慕；随后慢慢变得阴郁、生硬和冷淡。最后，他用生硬傲慢的语气感谢何诺，称颂他的智慧，并声称要逐一听取他这些完全审慎的建议。在此之前，他还要做最后的准备工作。

加斐尔最后的模棱两可的话：

加斐尔

我完全领会您言语中的真理，我将据此采取行动。

加斐尔表现得（也确实是）完全被何诺的理论的正确性所说服，并且他是很快就理解了的。他告辞先走。

第七场

（出场者：何诺）

何　诺

皮埃尔说得对。这个加斐尔天生是要干大事的。

赞扬加斐尔在问答中表现出来的高度才智。

我唯一惊讶的是，对于眼前的飞黄腾达，他似乎没有那么开心。不过，他显然不可能有畏惧。那天晚上，我应该是没看清楚，我应该是弄错了。只是不知为什么，我依然感觉不安。

第八场

（出场者：何诺、众军官）

军官们向何诺报告雇佣兵已经控制不住，在威尼斯人面前表现得傲慢不逊。这很危险，会引起猜疑。随后是断断续续谈及谋反行动。欢乐，陶醉在游戏中的情绪。

军官甲

最紧张的时刻就要来临……这就像我小时玩游戏一样……

有人也许提到普鲁塔克①？（参详红衣主教雷兹。②）援引历史上劫城的事件以及由此引发的快感；回忆过往。

军官乙

这些骄傲的自由民一看到剑就会知觉，士兵是他们

---

① Plutarque，普鲁塔克（约46—120），希腊作者，这里当指他的传世作品《希腊罗马名人对比列传》。

② Retz，当指 cardinal de Retz，本名 Jean‐François Paul de Gondi（1613—1679）。法国主教、政治家和回忆录作者，曾参与投石党运动。他深受普鲁塔克影响，著有《回忆录》（*Mémoires*，1675—1677）。1940年2月，安德烈·薇依以逃避战时军事征召的罪名被关押在鲁昂监狱。西蒙娜定期探访哥哥，还写信给他，推荐他阅读雷兹的《回忆录》。

的主人。他们心存被善待的希望，就会变得恭敬顺从，轻信对方，像孩子一样。在一次劫城中，我亲眼看见，他们刚挨打完就紧紧抓着打他们的士兵的衣角不放……

何诺几乎没有参与到这些谈话中。

第九场

（出场者：何诺、众军官［无话］、众雇佣兵）

（何诺训斥雇佣兵。）

何　诺

今天不得放肆，否则前功尽弃！你们知不知道，我们在行动以前被发现会有什么后果？明天你们想干什么就干什么。明天一整天，你们都得到了准许。你们可以闯进自由民和贵族家里为所欲为。

（又或：）

何　诺

看哪这城邦在汝等脚下喧腾。
一手攥多少风流，
杀人如游戏，只要心快意，

苟活的人，谢汝做恩人。

明朝起，众生让路，

勇夫低眉，汝意不敢违。

今宵但求秘而不宣。

雇佣兵们用简短的话答应服从命令。何诺退场。

第十场

（出场者：众军官、交际花、众雇佣兵［无话］）

交际花问军官们进展如何。她显得迫不及待，狂喜不已。

军官甲

你就这么恨威尼斯？

她讲了自己的故事。她出生在某个希腊岛上，她家本是当地最高贵的世家。治理当地的官员是个威尼斯人。他谎称要和她正式结婚，并以此诱惑她。事后她父亲要求这名官员履行诺言，却不幸被杀身亡。她到威尼斯喊冤告状。但正义得不到伸张，她反而在过程中丧尽资产。她在威尼斯无依无靠，身无分文，被迫做了交际花。一个女子原本拥有高贵的情感，却被迫沦落到如此境地，这一切令她对威尼斯充满仇恨。

军官乙

你以为我们会听信你的故事吗？每个威尼斯的交际花都能讲出同一个或差不多的故事来。何必对我们说谎？

交际花

哈！我说谎！……
（她在愤怒中想一走了之。）

军官甲

好了好了，别生气。今天夜里我们让你做威尼斯的王后。你的心愿全都会满足。你有什么心愿呢？

她带着满腔仇恨历数那些错待过她的家庭。

交际花

那些冒犯过我的人，我全记住了他们的姓名。我的心愿是把他们的妻子女儿交给士兵们任意处置。此外还有威尼斯政府相关人等的妻子女儿。明天，我将眼看着那些苟活下来的人忍受耻辱，我将大声嘲笑而他们一句也不敢反驳，那是多么快活的事呵！

这一场是否影射六名贵族小姐的故事？
军官们和交际花在说笑中退场。

第十一场

（出场者：众雇佣兵）

雇佣兵们羡慕军官们和交际花的交情。他们想着今天夜里和明天即将发生的事聊以自慰。提到劫城的乐趣。回忆过往。赞美何诺。

雇佣兵甲

至少他能理解我们；他明白我们需要这样的乐子。我们经受过多少痛苦和危难……

（在这个话题上稍做展开。）

当初我们因伤残或年老而不得不退役，只能到处流浪，居无定所，以乞讨为生。这些自由民在给我们一点施舍（更多时候是拒绝）的时候是多么傲慢无礼！难道我们不应该找机会报复吗？

盼望夜晚快点到来。光荣的行动且万无一失。把人们从睡梦中惊醒并当场处死的快感。

雇佣兵乙

我们的人大概不会有伤亡。真不可思议，这些人平常走过时那么骄傲，今天夜里等他们从睡梦中醒来时就会变成绵羊。他们会像绵羊一样被掐死，一点儿反抗也没有。

他们远远看见维奥莱塔和她的父亲走来。他们不想当面遇见这两人，于是避开了。离开之前，他们就维奥莱塔交换了几句粗鲁的玩笑。

雇佣兵甲

我要请求负责杀他，他女儿就是我的了。我要做第一个。

雇佣兵乙

你说什么？这妞儿得给军官们留着。

雇佣兵甲

才不是呢，军官们到时候会有大把贵族小姐。这妞儿不是贵族，赏给我们正合适。我要做第一个，万一有哪个军官在，那我至少要做第二个。之后你们其他人爱干吗干吗，你们就算杀了她都成。

第十二场

（出场者：维奥莱塔、十人委员会书记官［维奥莱塔的父亲］）

父女二人谈论第二天的节日庆典。维奥莱塔述说心中的欢乐。她不知道为什么，她只感到幸福，那么幸福，简直太过幸福。明天她将比今天还要幸福，因为明天是节日。一切都在对她微笑，没有什么能损害她，也没有什么能威胁她。一年前她还是孩子，还不懂得像这次这样强烈地感受明天这个节日的欢乐。她不知道在自己身上发生了什么变化，也不知道自己究竟怎么了，只不过，天空、大海、光线、坐贡多拉船闲逛，还有满城的人们，凡是她看见的人、她做的事，都让她满心欢乐。

维奥莱塔

明天会是怎样的一天哦！明天天亮时我醒来对自己说"就是今天"，那会是多么美好哦！

书记官

怎么啦，孩子？你不会是爱上什么人了吧？

维奥莱塔

不，我没爱上什么人，只是我也不知道自己怎么啦。我感觉自己就要恋爱了。我还感觉自己爱上了整个世界。这世间有多少善良好看的人哪，父亲！

书记官

我还在猜想，你是不是要么爱上皮埃尔，要么爱上加斐尔了。我看见你看着他们时脸红了。在我看来，他们两位也都相当倾慕你，特别是加斐尔。虽然他们是外国人，和我们家比起来远算不上门当户对，但是，我很欣赏他们，不管你爱上哪一位，我都不会反对。

维奥莱塔

父亲，我一直以为我不可能爱上一个外国人。他若不懂得生为城邦一分子的幸运，又怎么可能了解我呢？不过，这两位普罗旺斯人确乎既英勇又优雅。加斐尔尤其俊美高贵，在他身上总有什么使得众人都爱戴他。不过，父亲，看哪！在这样的光中，今天的威尼斯多美啊！啊！明天它还会更美。

在本场戏中，书记官的话用散文体，维奥莱塔的话用诗行，押韵或不押韵，具体视她是对父亲说话还是对自己说话为准。

书记官

走吧。

维奥莱塔

父亲，你就不能多给我点时间一起享受这欢乐吗？你的公务没有这般繁忙。

书记官

可是，孩子，要不是有人日复一日关心国家的安全问题，你的美丽的威尼斯很快就会在铁与火中亡陷，或臣服在西班牙人的脚下。

维奥莱塔

哦！我的父亲啊，你怎么能这么说呢？这样的事连想也想不到。

加斐尔和军官们在这时上场；他们听到书记官和维奥莱塔的最后几句对话。

第十三场

（出场者：十人委员会书记官、维奥莱塔、

加斐尔、众军官［无话］）

维奥莱塔［对加斐尔］

我们连想也想不到威尼斯有一天会亡城或被迫臣服，不是吗？若是那样的话，我们还怎么生活呢？我们将没法生活，我们将沦落成在一片荒漠里。

（参看第六场何诺的话。）

这是不可能发生的事，永远不可能。神不会允许这么美好的事物遭受毁灭。谁会想到对威尼斯下毒手呢？最可恨的敌人也不会有这样的坏心眼。一个征服者在取缔威尼斯的自由以后还能赢得什么呢？无非就是多一些臣民罢了。有谁会为了得到这么少的东西而去毁灭这么美、这么独一无二的城呢？对威尼斯下毒手！威尼斯的美本身就是最好的捍卫者，比士兵们、比政府官员的防范措施更有效。加斐尔先生，难道这不是真的吗？

加斐尔几次回应这段话。他表示赞同维奥莱塔，语气中既带有轻微的打趣，又夹杂着热忱。渐渐地，随着几次回应（也许每次用两行诗？）的展开，加斐尔的语气从打趣变成对威尼斯的爱。从他的话中要能感受到某种痛苦的共鸣。这是最重要的一点。

加斐尔

美如威尼斯，任何人也不可能对它下毒手。只有神才能够。一个人既然创造不出这样的奇迹，就要努力保护已存在的美景，这是他所能做到的最了不起的事，也能使他最大程度地亲近神。

他虽是外国人，却情愿牺牲性命保护威尼斯。维奥莱塔听了这些话很欢喜。她为加斐尔不是威尼斯人感到遗憾。

书记官 ［对维奥莱塔］

孩子，谁会相信一座城因为自身的美而受到保护呢！所幸我们有更可靠的理由安心，多亏了我们的防范措施，加上好运气，暂时没有什么能威胁威尼斯。不过，孩子，难道你不知道从来没有哪座城邦因为敌人的怜悯而幸免于难吗？就说你自己吧，在你玩耍的时候，难道你从来没有摘过一朵花、弄坏过一个玩具或拔断过一只昆虫的翅膀吗？

维奥莱塔

哦！没有，从来没有过，从来没有过。

（维奥莱塔接着对父亲说：）

明天，至少明天，你要留点时间给我。明天晚上，我们要坐贡多拉船在星空下逛上几小时，好吗，父亲？明天晚上，在一整天的节日之后。不要在今天晚上，因为我想好好睡一觉，天亮就醒来，好去迎接一整天的欢乐。加斐尔先生，您如果知道明天会是怎么样的一天，您就会明白了。

维奥莱塔描绘节日。（也许在这里她才提到蒙特威尔第。）

加斐尔回应她，告诉她明天会看见什么和做些什么。维奥莱塔说起威尼斯人对这个节日的感情。

您就算亲自目睹这节日，也不会了解这对于一个威尼斯男人或女人来说意味着什么。没有人能够了解。

书记官

您瞧，就连孩子们也有这样的感情。在这样一座拥有六个世纪的辉煌和自由的古老城邦里，这并不让人惊奇。明天是个美好的日子。不仅在孩子们眼里如此。在大人眼里也如此。在我看来，这会是个好日子。明天您心里想要什么恩惠，尽可向我提出，我会满足您的。

（和维奥莱塔一起退场。）

第十四场

（出场者：加斐尔、众军官）

军官们祝贺加斐尔时来运转，请求他胜利后的恩惠和保护（也许还是一些特殊的恩惠）。他们赞扬他在与书记官父女的对话中深藏不露。他们几乎要发誓赌咒他是真心诚意的。听他说那些话，他们几乎要相信明天的节日会照常举行。

军官甲

当书记官许诺明天要给您恩惠时，我好容易才忍住没笑出来！明天，以及接下来的每一天，倘若他出于奇迹活了下来，他倒是要不停请求我们中的每个人的庇护，特别是请求您的庇护。到时候，在西班牙王之后，您就是我们的主人和他的主人了。

加斐尔没有回答。军官们继续交谈。谈及维奥莱塔。

军官丙

我手下有个士兵坚持要第一个要她。

军官乙

先是我们，然后才是士兵们。

军官甲

最好禁止士兵们碰她，不然就给糟蹋了，本来和她可以开心很长时间的。

军官乙

咳！威尼斯又不缺漂亮姑娘，还有好些既漂亮又是贵族的姑娘。今天夜里会死掉不少，但总能留下足够的姑娘。

加斐尔猛然抢过话头。他生硬地下了几道与攻城有关的技术性的命令。军官们尊敬地做出回答。

加斐尔 [对军官乙]

先生，我知道您在威尼斯有几个熟识的家庭。您如果希望照顾他们的安全，我很乐意帮忙。

军官乙

哦，不！我确实认识几个家庭，当初我在此地暂居时，他们也确实待我极好。我常对他们说，在危难时刻我的剑愿为他们效劳。在平常，我会毫不犹豫地牺牲性命保护他们。但如今，这一切都是那么遥远。关键性的时刻临近了，这些人在我眼里就如蚂蚁，就如一道道幻影。他们自以为存在着，但他们错了。现在我的全部心神都要集中在我们即将攻克的荣耀之上，我怎么能为他们分心呢？

加斐尔

我原本就期待您这样回答。提问只是为了试探您。

军官乙

真奇怪，我甚至记不得我在这里有些什么朋友。从前，在某次劫城行动中，我有过相同的体验。我在那座城里也有一些朋友。但我当时彻底忘了他们的存在。他们看见我，朝我扑过来，抓住我的外套。我没认出他们，把他们推开了。

在本场戏中，加斐尔的话极为简短。(也许用一行诗?)

第十五场

（出场者：加斐尔、众军官［无话］、何诺）

何诺来了，叮嘱加斐尔，讲话过于冗长，语气欢快而兴奋（他终于抛下不安）。在几行诗以后，或一句话讲到一半时，加斐尔不客气地打断他，神情高傲。

加斐尔

我是指挥，我知道该做什么。你们，先生们（对军官们），去这里和那里。您，先生（对何诺），去调查某事（回来向我汇报［?］）。

生硬的命令。他们一言不发地执行去了。

第十六场

（出场者：加斐尔［独白］）

加斐尔

这城这人这海即将属于我。

祥和的她①在我手心不自知，

但很快她要知晓隶从的命运。

严酷的时刻临近了，骤然间

我的手要捏紧她碾碎她。

她无人保护，脆弱无武器地躺倒

在我脚下。至此谁还能让我停下？

太阳一步步落向天边，

当日光在海上运河上熄灭时

她就会消失。

明天的太阳照不到她，

明天日出只会清冷地照见

被一剑刺穿的城的尸体。

死在剑下的不受日光眷顾。

几个时辰后她就是死的城邦。

石的荒漠，僵硬散落的尸体。

苟活的人全是尸体。

讶异，缄默，只懂得顺服。

他们亲见心爱的人被玷污杀死，

急不可耐地顺服那最仇恨的人。

---

① 原文诗行中几处用"城"（la ville，行1，31）或"城邦"（la cité，行2，10，15，37），其余多处用代词"它"（elle）。译文处理成人身化的"她"——既是威尼斯，也是维奥莱塔。

空洞的眼空自寻觅①

他们的宫殿教堂家室。

今日的歌全要静止。

他们发不出一丝怨声。

海也从此不低诉。

人世间日复一日，

命令以外别无声息。

今夜借由我，恐怖耻辱和死亡

就要降临，我被认成主人，

明天所有人要违心地顺服。

她在黄昏里灿烂欢悦，

黄昏里人们也完整骄傲。

太阳最后一次照见她的光彩，

天地②若有知，必起怜心，

但天地未静止，我亦无怜心。

满眼的美景，将死的她，

我焉能不学天地的无情？

---

① 以下七行，十四音节转为十音节。均无押韵。

② 原文或译："太阳若有知，必起怜心，停止运行。但太阳与我均无
怜心。"

第十七场

（出场者：何诺、加斐尔）

何诺回来，提及行动计划中某个未预料的细节困难，赞扬加斐尔安排下的各项措施及其对手下众人的信心，庆幸最终决定由加斐尔担任指挥。他比任何人都迫切地想实现这项了不起的行动。

在前几句诗行里，他问了加斐尔一个问题。加斐尔没有回答。何诺（不敢坚持）继续讲了一通很长的话。加斐尔始终沉默着。何诺终于打住。

何　诺

怎么啦？您看着我，却好像没听见我的话。有什么事不对吗？有什么事困扰您吗？

加斐尔

不，恰恰相反。我很清楚我该做的事，我肯定能做到，也彻底下了决心。我知道，我的同伴们完全信任我，特别是我的好友，他们把命运交在我手里。他们是对的。既然我的身上承载着这么高贵的人的命运，无论死亡还是酷刑都不可能击退我。我会带着十二分的坚定去做我决定做的事，让他们免于诸种灾难。没有什么能改变我的决心。先生，就这样吧……我要去……白天就要结束。我们要抓紧利用剩余的一点时间。

第二幕的两场重头戏分别是何诺与加斐尔的对话、维奥莱塔与加斐尔的对话（此外还有加斐尔的独白）。其他几场戏可以写得简洁些。

（落幕）

第二幕和第一幕一样，绝大部分用十四音节的诗行。雇佣兵们的讲话用散文体。维奥莱塔的讲话用十一音节的诗行（由分别是五音节和六音节的两个短句组成）。加斐尔回应她时用十三音节的诗行（由分别是五音节、四音节和四音节的三个短句组成）。或者也同样用十一音节的诗行？或者维奥莱塔的讲话也用十三音节的诗行？也许还有别的例外？

维奥莱塔的诗行和加斐尔回应她时的诗行要押韵，但要是相当自由的押韵。（甚至是元音押韵的半谐音？）加斐尔的回应由四行、五行或六行诗组成。①

---

① 薇依留下的只是结构大纲。依据她的构思，整出戏由诗行组成，只有少数人的话以散文体呈现。但这许多细节均未能完成。尤其第一幕和第二幕。第三幕的完成度相对较高。

第三幕

第一场

（出场者：十人委员会书记官、巴西奥［书记官的心腹侍从］）

书记官讲述前一天晚上发生的事。加斐尔前来告诉他，他要向十人委员会揭露一则事关威尼斯安危的紧急消息，前提是他们必须起誓保证他指定的二十个人的生命安全。

（第一场戏开头，是否要让观众知道威尼斯已然获救？）

十人委员会若不起誓，他是一个字也不会说的，就算威胁处死他或施酷刑也无用。书记官立即看出他所言属实，无论恐怖威胁还是在威尼斯实施的酷刑都不可能动摇此人的决心。他把这个想法告诉十人委员会。他们极为反感起这样的誓言，但还是让书记官给出肯定的答复。他们召见加斐尔，一看见他就产生与书记官同样的印象。他们按照他的要求起了誓。他和盘托出谋反行动的所有细节，这次行动计划在当天夜里启动，偷袭威尼斯，迫使其臣服西班牙的统治。他们很快核实了所有细节。要不是加斐尔，这次谋反定然会成真，书记官为此后怕不已。他们问加斐尔透露消息的动机，他声称是出于怜悯。他们问他希望得到什么回报，除对方履行誓言以外他不要任何回报。他指定要保护的二十个人即是此次谋反行动的头领和主要参与者。十人委员会很快派人逮捕所有谋反者。他们经过长时间商议得出结论，国家理性不允许他们履行对加斐尔的誓言。大多数谋反者都被处死了，几乎所有雇佣兵也在内。包括加斐尔指定的二十人在内的主犯则被套上镣铐，很快会被关进监狱，先严刑拷打，再处死刑。维奥莱塔完全不知情，她正睡着，幸运的是，等她醒来时，一切都会结束。加斐尔知道她的心愿，她一醒来就想去看看大海、迎接白日。他希望她无一丝察觉。他要她一无所知，至少在这一整天里。万一她知道了，这个盼望多时的节日就会暗淡下来，令她无法享受这一天的欢乐。

（叙述要简洁，但清晰。）

书记官为加斐尔担忧。依据十人委员会的命令，如果加斐尔平静地接受誓言未获遵守的事实，那么就由书记官授予他一个威尼斯政府要职。然而，书记官深知加斐尔天性英勇、热情，并不抱这方面的希望。如果加斐尔做出别的反应，那么书记官务必让他冷静下来，让他收下一笔钱，从此离开威尼斯，并且严禁再踏入国境，一旦违反即处以死刑。书记官希望加斐尔在朋友们死后才知道真相。否则的话，虽然书记官欣赏他、喜爱他、同情他，也感激他，还是决定用极端粗暴的方式对待他，这么做是为了他好。因为，以加斐尔的高贵天性，一旦知道对方失信，他定然摆出敌对态度，到时就只能杀了他。书记官出于感激和友爱，竭力避免这样的下场。唯一可行的做法是，为了加斐尔本人好，一上来就要用粗暴的方式，一劳永逸地挫伤他的勇气。

（在这里，他几乎是一字不漏地重复第二幕第六场中何诺关于如何对付威尼斯的话。）

书记官回答巴西奥的问题。

书记官

他先是会怒火中烧、大发雷霆。你带两个手下小心看着他，在他拔剑以前抢下武器。等他明白愤怒无济于事，就会悲痛万分。等他哀叹够了，就会停下来，这时他会尝试说服我。他劝说无果，很快会耗尽仅存的那点子力气。这样他会长时间陷入绝望沮丧的状态。这时把他带出威尼斯很容易。虽然他有了不起的勇气、热忱和自信，我在这一点上却不担心。因为，像他这么顽强、骄傲和热忱的人，只要让他自己也感觉无能为力，就能被彻底制服。

巴西奥几次打断东家的话，问了些常见的问题。他不理解书记官对加斐尔的感情。在他眼里，这群谋反者是可恶的罪犯和强盗，加斐尔又比其他人卑鄙一千倍，因为他还出卖了自己的同谋和朋友。书记官和巴西奥看见加斐尔，两人走开。

（这一场对话用散文体。）

第二场

（出场者：加斐尔［独白］）

简短的独白，采用十四音节的诗行。加斐尔睡不着。他相信十人委员会会信守誓言，却感到难言的不安，这驱使他在国家监狱附近徘徊。皮埃尔知道了他做的事会怎么说呢？加斐尔剥夺了他和其他人身上的荣誉和财富……突然，他看到有人领着一群套着镣铐的囚犯。他躲到一旁，不过还能看见和听见这群人。

第三场

（出场者：皮埃尔、何诺、三名军官［全套着镣铐］、

守卫们［无话］、加斐尔［躲在一旁、无话］）

整场戏的对话用十四音节的诗行。守卫命令囚犯们在监狱旁停步。这群谋反者套着镣铐，等待即将到来的严刑拷打和死亡。他们的话语夹杂在一起。

军官甲（软弱地爆发）

救命啊，饶了我！我没罪，不是我干的，是别人强拉我的。

军官丙（听完何诺的话）对加斐尔愤怒不已。

军官乙比较冷静，像一名自愿赌博又输掉的赌徒。他批评其他人的态度。

何诺的身上褪尽国家理性，显得本性毕露。他极度悲愤，不是因为要赴死，而是因为丧失了权力、财富和荣誉的所有希望。他袒露了雄心壮志。这次行动若能成功，他本可以在西班牙宫中谋得一席高位。他原本希望凭机智逐渐获取西班牙王的宠幸，有一天能以西班牙王之名成为主宰，统治所有归属西班牙王朝名下的土地，乃至别的更多土地。他满心苦涩，羡慕贝德玛尔虽失败却能活下来，还有东山再起的机会。贝德玛尔原本寄托在他身上的梦想还会继续下去。贝德玛尔还有可能迎来把梦想强加给世人的那一天。至于他却是彻底失败了。

他诅咒加斐尔造成他的失败。他诅咒自己当初起过念头却没有及时除掉加斐尔。他诅咒皮埃尔阻拦自己杀加斐尔。

皮埃尔始终相信加斐尔。他相信加斐尔已死，或者也和他们一样沦为囚徒，在某处等待赴死。

皮埃尔

……因为，假若他还活着，还是自由的，他一定会在我们身边，为我们奋斗，哪怕是独自一人，哪怕是毫无希望！

（强调这一点。）

（皮埃尔呼唤加斐尔。）

既然我们不得不死，至少要死在一起！

他自责造成加斐尔的不幸和死亡，当初是他把加斐尔拉来参加谋反行动。

（坚持这一点。）

你信任我，跟随我，我却引你走向失败和死亡。

（走向这些严刑拷打？）

本场戏分成两部分。第一部分较长（开场是谋反者之间的互相勉励，语气坚定），这些被囚禁的人还能意识到彼此的存在，对话还能或多或少在彼此之间进行。第一部分收尾处，何诺和皮埃尔在谈到加斐尔时辱骂对方，互相谴责。这中间要有一个简短的过渡（两行诗，也许一人一行诗），先是何诺对皮埃尔说，接着是皮埃尔对何诺说，然后是军官甲对何诺和皮埃尔说（按照这个次序），所有人如普劳图斯笔下的奴隶①，满带喜悦地说起等待他们每个人的酷刑。

第二部分随着十人委员会书记官的突然出场而收尾。谋反者在一片沉默中鱼贯而出。在他们全部退场后，加斐尔出场。

本场的第二部分也许如下所示：

何　诺

谁人，谁人夺我似锦前程，

我命中须有的权力和荣映？

我天生才高，如飞天的苍鹰，

睥睨生来为奴的庸众，

运筹帷幄之中，万民顺从。

我本该蒙西班牙王幸宠，

以王之名成就基督教大统，

远征东方，笑傲地上万邦。

---

① Plaute，公元前二世纪的拉丁喜剧作者，这里说的或为《俘虏》。

我在今夜死？然则我未曾生！
功名不成，此生譬如一场空。
不！人终有一死，但须好活一场。
我将死在狱中，看不到天光，
只恨再也不能、终究不能称王！

军官甲

我愿千百次谴责他们，只求留我一条活路。
他们都该死，而我，我想要威尼斯人的宽恕。

军官乙

我们为何在此停留？这一切多么冗长！
啊！快点结束吧，我疲倦了等待死亡。

何　诺

我通识大国天下的经略。
本是帝王相，灵魂多渴慕，
无缘拥有一日这运命，
所有的念想已成空。
我的梦碎尽，我亦将死去。
我深藏心底的世界帝国
如今化乌有，我一无所有。

片刻后，在这天亮前的狱中，
一名刽子手的双手就是我的天地。
何至于此！我心倦如冰封，
雄图大志就此散落一场空。

皮埃尔

他与我同在，我必勇敢受苦难。
我不能忍受从此不见吾友。
我看不见他的眼不知看向何方。
神啊！只求他的声音突然响起，
让我握他的手，让他看着我！
如何不再相见就别离人世？
我无望等待无处的他，一切皆空。
死神不意间捉住未满足的灵魂。
不，我不能远离他去赴死，
在刽子手手下，死的焦虑太孤单。

何　诺

至少让我拥有一天……

十人委员会书记官进场，巴西奥和众侍从跟随其后。

书记官

士兵们，把囚犯带进监狱。

（谋反者退场。）

（加斐尔现身。）

第四场

（出场者：加斐尔、十人委员会书记官、
巴西奥、众侍从［全副武装］）

加斐尔

先生，请解释我适才的见闻。

我相信十人委员会不至于食言。

书记官

先生，委员大人们夜里经过商议，决定处死所有罪犯。谁也不能谴责他们失信。无论在威尼斯还是在国外，人人清楚他们总是一丝不苟地履行诺言。国家理性阻止他们这么做。神意要拯救这座城邦，并且是借某个参与谋反和攻城的人之手来拯救——先生，借您之手。倘若这种时候还在防范上有一丝疏忽，就是忘恩负义的表现。

罪犯不死，威尼斯就没有安全。至于您，先生，委员大人们出于善意给您留了一条生路。委员会甚至还交代我给您一笔酬金，以答谢您的效劳。不过您必须离开威尼斯，并且严禁再踏入国境，一旦违反即处以死刑。我该说的都说了，没有什么可补充的。

加斐尔①

我何尝是为这个拯救这些可怜人！

昨天他们没有希望，只有死亡和奴役，

我却有光荣和好运，我们注定成功。

我抛弃一切，出于怜心免他们灾难，

而您却告诉我，您——我简直不相信——

您胆敢宣告，我的同伴们要被处死？

我唯一的朋友，我所挚爱的人将死去？

您这凶手，骗子，胆小鬼！您还盯着我，

您的恩人，出于怜心救了您的人！

啊！您欺骗我，他们多么可耻地欺骗我。

这还没完，我要惩罚这些忘恩负义的小人，

您首当其冲，您当心。现在血要流淌。

啊！他们的血要流淌，在我的剑下流淌。

---

① 除特殊说明以外，加斐尔在本场中的台词全为十四音节的诗行。

书记官

巴西奥，缴下他的剑。

加斐尔

您缴我的剑！您以为打败我了吗？

胆小鬼，您指望迫使我向您哀求？

我绝不低头，宁可死亡和酷刑

威胁我的朋友们、我和我所珍惜的每个人，

宁可有一千人死，我也不低头。

看哪！惩罚你们的时刻临近了！

我恨这城邦，处处无耻又无情，

我要看她万般傲慢却在一天坍塌，

我要看着火焰四处吞噬她。

你们中有些人要亲见心爱的人被玷污，

转头低贱地屈从征服者的意愿；

另一些人要被残杀，死前说出渎神的话。

可怜人哪！今夜我本可以目睹这一幕，

欣赏这甜蜜的场景心满意足！

怎样的迷乱导致我赦免这群凶手？

无所谓。我会等待，很快就会看到，

要么是我要么别人，不用几天，甚至今天。

苍天有眼必会惩罚这些藐视誓言的人。

苍天若无所为，我必亲自出手。

从此我活着的唯一目标是威尼斯的沦亡。

我倒是高兴您还苟活着，

您所珍爱的人们很快会死在您眼前，

您最后死，最后一个诅咒生命

可悲地死，而我的心终得慰藉。

书记官

巴西奥，让你手下围成一圈，剑要拔出鞘。无论如何不能让他冲出圈子。我要等到他彻底平静下来，我想用不着等太久。然后我再去催他们执行那些罪犯的死刑。

加斐尔①

吾友吾友今在何方？

是否到苦熬的尽头，

在死亡恐怖下低头？

是否在酷刑中叫喊？

所有的同伴沦为囚犯，

交付刽子手，无可回挽，

这叫我如何忍受的丧乱！

吾友，这个结局非我所愿。

---

① 此处开始连续两段为九音节的诗行。

吾友，可怜你命丧黄泉，

我杀了你，我却还得活。

他的骨在严刑下撕裂作响，

他的膝在死神面前打颤。

我失去他，我无能为力，

孑然一身，没有武器和支援。

书记官

你瞧，巴西奥，他现在已没有危险。

加斐尔

吾友，此刻你在做什么？

你从前赴死时唤我的名，

也许此刻也在唤我的名。

四面围困你的敌人

熟知每一道酷刑的机关，

明察每一次脆弱的流露。

他们会否陶醉地看你脸色发白，

听你徒然地哀号求饶？

你感到死神苦涩地临近，

而我给不出一丝帮助。

你莫在绝望中怨责我，

我多希望能够救你。

可我交出了全部权力，
我被缴械，我无能为力。

书记官

巴西奥，你在这里等着囚犯全部被处死的信号。信号一到你就护送这人去边境。你要对他的性命负责。莫忘了十人委员会的决定是让他活命。在他过边境以前，切莫让他离开你的视线，也不要让他和任何人说话。到边境时，你再交给他十人委员会交代的那笔钱。你看到他远离威尼斯后立刻回来。

加斐尔

在一切成事实前请听我说。
我悲痛时分说话若有冒犯，
我收回并请原谅。听我的请求，
带我再去见一次十人委员会。
不要拒绝。且听我的理由。
您知道，昨天若非我起怜心，
我们本会轻松地完成计划，
我会在你们不知情时掌握大权。
出于怜心我放弃了这份权力，
交到你们手上，作为交换只收到，
唉，一句空话。您务必听我说，

现如今我只能指望您的承诺，

您至少要允许我提出这个请求。

我珍惜我的同伴们，这您清楚，

尤其我的朋友。我也看重我的荣誉。

我珍爱朋友，如您珍爱女儿。

这些对我来说如同城邦对您的意义。

我从未对威尼斯许诺却拯救它，

出于怜心放弃诸般权力和荣誉。

啊！您岂能不以怜心换怜心，

保护我所珍惜的人，也算信守诺言，

您丝毫不会受损，我则彻底毁了。

让我心爱的同伴们活下来，

您不会损害您的城邦您的权力，

这些可怜的囚徒不可能有威胁。

他们会发誓绝不损害威尼斯，

他们会信守诺言永远服从。

发发慈悲吧！您若处死他们，

我就有理由，千方百计必要复仇。

如今我反倒因为救过你们苟活着。

您错了。昨天我去找您时，

我求你们发誓不是让我活命，

而是让我的朋友们活命。您若觉得

必须惩处心爱城邦的谋反者，

处死我吧，让我的朋友们活下来。

我是指挥，处死我最合适。

告诉他们，唉，我出卖了他们，

您处死叛徒，又好心救他们，

他们出于感激必会效忠您。

想想这样一群英勇无畏的人

多么难得，您理当成人之美。

让他们活，让我死，您就能守信，

保全您的声名。您若处死他们，

别忘了，我会让全世界知道

威尼斯人如何捍卫诺言的神圣。

让他们活，您没有损失只有好处。

十人委员会会明白，立刻带我去见他们。

在我拯救威尼斯以后您不能拒绝我。

书记官

巴西奥，你记住我的命令了吗？你要向我汇报执行情况。

加斐尔

您不回答我，你连回答也不肯吗？

啊！您不能这么轻蔑对我！

说话，对我说话！每一瞬间都是折磨，

每时每刻他们在让我的朋友受苦。

看着我！您欠我一个回答。

我要见十人委员会。您带不带我去？

书记官

我对您该说的已经都说了，没有什么可补充的。

加斐尔

可怜我跪在地上向您求告吧。

昨天你们的命运还在我手心，

我救了你们。昨天，昨天您还肯听，

现在我却不能开口说话吗？

唉！我一无所是，四周无人倾听。

当初我若愿意，整座城邦现如今

要屏住呼吸听我说的每个字，

你们要认我做主人。啊！是谁拦住我？

这些无信用没心肝的人本该跪在我脚下，

全来求活路，而我全要处死。

可怜人哪！我在说什么？请别在意。

我疯了，绝望摧毁了理性。

您得原谅我，是您把我贬低到这地步。

我将我的荣誉交托在您手心，

啊，您却使我成为杀朋友的凶手，

一个叛徒。从前我也有好名誉，

我知道我不总是一个可悲的人。

只有您能恢复我的名誉，我向您哀求。

我的希望朝向您攀升如朝向神，

您将会还我的朋友们自由。

看哪，恩人，我整个儿属于您，

我是永远的奴隶，把灵魂、生命献给您。

怎么！您转过身？您敢拒绝我？

我有要求的权利，想想您许过的诺言，

我救过您。不，不，对不起，我惹恼您了，

我再不会这么说，再不会提起权利，

只有眼泪，眼泪是可怜人仅存的权利。

您别走开，我还得对您说下去。

唉！唉！说什么？我还能说什么？

我交出全部权力，只剩下话语。

我没有武器，我绝不能停止哀求。

总会有什么话能够打动他。

我一住口，我的毁灭就成现实。

多么痛苦！但求您能体谅我的痛苦。

书记官

巴西奥，我走了。在囚犯执行死刑以前，你要紧盯
着这个人，之后把他带出威尼斯，把委员大人们允诺的

那笔钱交给他。

加斐尔

您要走！不，不，您不能一走了之。

我还没说完想说的话。

您多留片刻，我肯定能说动您。

您要走！啊！您若心意不能变，

我的朋友们若注定亡命监狱，

让他们死时至少不知我背叛，

您带给我的耻辱至少要保密！

我空朝他喊叫。他不看一眼就走。

侍从们，你们敢阻止我走动吗？

让我再对你们的主人说几句话。

你们缴了剑。我除了哀求还能做什么？

好心放我过去，看在我求情的份上。

啊！就连仆人们也不屑看我一眼。

　　　　苍天和高照城邦的太阳，

　　　　大海、运河和伫立水中的石墙，

　　　　我只对你们不对人类说话，

　　　　因为人类听不见人说话。

　　　　我挽救了你们的光彩辉煌，

　　　　我这不幸的人就此沦亡。

我为天地死，我诅咒天地，

眼前一切终有沉沦之日。①

从前我说话有人倾听、回应，

我在众人面前一诺千金，

我是一个人，而今却不比一头兽，

最需要时说话无人听懂，

灵魂哀号只是徒劳的渴求。

痛苦不得出声，罪恶只惹人厌。

四周冷漠的人们面无表情，

听到的片言只句是伤人心的噪音，

无人回应我。怎样的厄运降临我身？

我该在荒漠里流浪一生吗？

莫非在梦中？我忽而不再是人类？

而今我所是，又或我本如是。

侍　从

还要等多久才来换班？

巴西奥

没有换班的。囚犯们很快就会被处死刑，我们立刻

---

① 此处八行诗系九音节。

带这人出威尼斯。

加斐尔

而今我还敢抬头吻谁的双膝？

世间哪有这低贱的人让我不发抖？

我，一个叛徒！我若还想留人世，

我的存在取决于每个偶遇的人，

取决于他人一句话的拒绝或施舍，

时时处处，叛徒被揭穿的隐忧。

我逃得再快，流言比我更快，

整个大地上，欲念所及之地，

每个偶遇的眼光让我发抖。

何处生存才能不与人类相遇？

啊！我只愿活着而看不见日光！

承受他人的眼光让我疯狂。

求你们全部走开，我不想发疯。

侍　从

为什么不把他和别的囚犯一块儿处死？我们也用不着看着他。

巴西奥

这人是不杀的，因为是他告发了别的囚犯。

加斐尔

陷入这境况的人是我吗？

从前享有美好的名声

众人拥护和尊敬的人是我吗？

有一位朋友相惜的人是我吗？

我在做梦。一切都是梦。

从前和今天我是一样的卑贱。①

侍　从

他和别的囚犯一样有罪，何况他还是叛徒。我不明白为什么留给他一条活命。

巴西奥

十人委员会的委员大人们过于认真地信守了他们的诺言。是我的话，我会很高兴处死他。

加斐尔

死亡很快会带走我的不幸。

死！不，不能死。主啊我不想死。

---

① 此处六行诗系九音节。

我的朋友将死去，我只求永远不死，

永远不在死后出现在他眼前。

我惧怕太阳，我更惧怕死亡

撕破轻纱，把我的灵魂脱光。

主啊，我的灵魂要有遮羞的肉身，

只知吃睡、没有未来过去的肉身。

苟活在世上，就得努力忘却。

羞耻让我不堪重负，沦为可怜人。

我永在穿行中，惧怕得发抖，

太虚弱而死不成，但又如何生？

那些毁掉我的人要照管我，

他们造成我的绝望，而今我需要他们。

至少告诉我何时能见你们的主人。

巴西奥

您再也见不到他。您已被驱逐出威尼斯，并且严禁再踏入国境，一旦违反即处以死刑。等您的同伙们被处死，我们就会带您出境。在此期间，您没必要见任何人。

加斐尔

但我还想见你们的主人，我有话对他说。

你们去告诉他，我要求人来带我去见他。

巴西奥

我们不会去。他也不会见您。他对您已无话可说。
您被驱逐了，这还不够吗？

加斐尔

被抛弃的我被迫动身，
耻辱至狂绝望生乱，
朋友因我出卖而丧亡，
我出于怜心拯救的人
夺我声名，又将我流放。
白日的光彩徒添悲痛。
我深厌低眉顺耳地生，
却无从寻找想死的心。
我不想在癫狂中葬身。①

侍　从

全怪他，我们今儿过不了节。我真想掐死他，就像
掐死一头发臭的野兽。

———————————

①　此处九行诗系九音节。

巴西奥

我和你想的一样。但别忘了，十人委员会决定给他
一条生路。

加斐尔

我被放逐，没有朋友也没有幸福。
这里的人不要我，而今彻底毁了我。
我能去往何方？一个叛徒谁收容，
我以背叛拯救的人反成驱逐我的人？
不能这样。我要对你们的主人说话。
那些夺我声名的人知道我是谁，
能给我最后一处抵挡耻辱的避难地。
你们带我去，还是请他来？
啊！发发善心，把他找来。
我从此看不见他也听不见他吗？
除了他，我在世上再也没有别人，
现如今我的朋友们全被处死。
痛苦把我撕扯，无穷无尽地撕扯。

啊！朋友，他们在折磨你。
而我在这里徒然无用
哀求那杀你之人的奴仆。

啊！朋友，朋友！你在喊叫，

我听见喊声，我情愿耳聋听不到！

主啊，我不能生也不能死。

我全部的罪过就是起了怜心。①

几名匠人和学徒进场，围在巴西奥和加斐尔四周。

匠　人

怎么回事，巴西奥？你和这些人全副武装在干什么？

巴西奥

啊！你们还一无所知呢。就在你们睡着的时候，城中出了大事。幸亏委员大人们彻夜为大家操劳。昨天夜里，威尼斯差点儿陷亡。西班牙策划了一次谋反行动，还贿赂了军队。在神意的驱使下，那些可恨的谋反者中有一个昨天跑去向十人委员会自首，揭穿了整个计划。眼下罪犯们关在监狱里受严刑拷打。全部要被处死刑。

匠　人

赞美天主保佑我们的威尼斯！我们的威尼斯啊，在我们这些自由民眼里就如在贵族眼里一样珍贵。这既是

———————

① 此处七行诗系九音节。

贵族的城，也是我们的城。这人只盯着地上看，他又是
谁？

巴西奥

就是他告发了其他人。我们负责看守他，等其他人
被处死以后，我们还得负责把他带出威尼斯境外。今儿
你们多开心，你们还能过节。我们过不了节日，全怪他。

学　徒

不杀他吗？还留一条狗活着？

巴西奥

十人委员会的大人们留他一条生路，因为他告发了
他的同伙们。

学　徒

此人叛变了两回！待我走近些。
我好奇就近看一个叛徒的模样。
抬起头，走狗！抬起你胆小鬼的眼。
看着我！你们瞧，他一滴泪也没掉，
他的同伴们在刽子手那里惨叫，
从这里听得到。死刑不会延迟，

在那个监狱里用不了拷问太久，

各种秘密很快都会交代清楚。

眼前这坏蛋比其他人更可耻，

你们瞧呀，真要留他一条活命？

我光看他就恶心，真想掐死他。

巴西奥

别碰他。至于你，叛徒，站到我身后。他归我看管。

学　徒

别，别藏着他，我还没看够。

拜托走开些，让我仔细看看。

世间真有这样坏的人？

他怎么不说话？我倒想听他的声音。

让我给他两拳，看他叫不叫。

看哪他发抖了，看哪他低头了。

叛徒就是胆小。能给他两拳吗？

不允许？他的同犯全去送死，

他这个叛徒倒在这里不受一点苦？

叛徒，叛徒！看哪，这个词让他发抖。

你知不知道出卖朋友的人最可耻？

可惜威尼斯竟然被一个叛徒救了。

您说十人委员会被迫保证让他活命，

他们会乐意我杀他又不是他们下的令。
这人活着有可能威胁我们的城邦。
我没有起过誓，我，我若杀了他，
我自己和十人委员会的荣誉不会蒙灰，
还能保证我们的城市的安危。
何必添堵生闷气保护这个胆小鬼？
来吧，你们怎么说？让我杀了他！

巴西奥

　　我倒是想允许你这么干。我和你一个想法。他让我觉得恶心，就算死一千次也不冤枉，而且我也担心他日后还会加害威尼斯。一个做过叛徒的人永远会忘恩负义。他不会因为活命而对威尼斯心存感激。他还做得出各种罪恶卑鄙的事。再说，他要是死了，我还能好好过个节。在节日这天还得看着这么个坏蛋真叫人烦心！可有什么办法呢？我要负责不让他在威尼斯境内被杀害。我的东家吩咐过了，我要负责把他活着带出威尼斯。我得照吩咐做。我只盼他没过多久就丢了这条小命。

学　徒

他自然活不久。谁人不嫌弃他？
就是罪犯也会拒绝收容他。
大地也会厌烦长久地负担他。

亲爱的伙伴们，苍天保佑威尼斯，

显然不会姑息城邦的死敌。

威尼斯啊，你是大海的王后，

你让最贫贱的人也骄傲如王者！

多么欢愉，在最美好的节日里，

我们的城邦化险为夷好似奇迹！

巴西奥

啊！信号来了。所有谋反者全被处死了。

匠　人

再好不过。他们再也不会危害威尼斯。忘了他们吧。

现在我们可以光想着快乐的事，光想着节日。

学　徒

你的同伴死了。你出卖的每个同伴。

全死了。听明白没？他不说话。他听明白了。

我觉得他要说话。叛徒有话要说！听哪！

加斐尔

总算完了。现在我想睡一觉。

巴西奥

现在你要做的是快点走人。起来！你得走了。

加斐尔

要往何处去？我已无处可去。

巴西奥

离开威尼斯。随便你想去哪里。快点。跟我来，拿着十人委员会的大人们答应给你的钱。这是你叛变赚到的酬劳。快啊！拿着这钱。

加斐尔

谢谢。我可以躲起来，可以睡觉和吃饭。

学　徒

不，给我站住！这人就凭两次叛变，
干尽坏事却钱包鼓鼓开心地走人！
别拦着我！他和犹大一样坏，
让我啐他一口。胆小鬼，你跑不远。
叛徒，叛徒，这钱是你的同伴们的血！
看哪，他害怕了，怕得浑身发抖呢。

让我和你们一起去到边境，

出了威尼斯，我就能从容地杀他。

你们不赞同？让这人活着天理难容。

匠　人

别说了。大伙儿听哪！附近街上传来的是什么声音？你们听见了吗？

巴西奥

来人！去看看出了什么事。

（有个侍从退场。）

匠　人

像是斗殴的声音。还有人的喊叫声。看来一切还没结束，还有事情发生。威尼斯还处在危险之中吗？

巴西奥

愿天主挫败威尼斯的所有死敌。

学　徒

必要的话我们会起来保卫城邦。

匠　人

天主保佑，不要让我们在今天这个节日里保卫它。

巴西奥

马上就知道出了什么事。

学　徒

他看起来兴高采烈。

（侍从回来了。）

巴西奥

出什么事？快点说。

侍　从

　　小事一桩。有一小群歹徒昨天夜里逃过了委员大人们采取的明智措施。这会儿他们全在那里，手持武器企图抵抗。不过已经死了半数，很快全部会送命。始终效忠威尼斯的军队在那里，人数众多，把他们打得落花流水。很快一个也不会剩。械斗就发生在附近，你们看，就在附近的街上。

巴西奥

赞美天主！我刚才还担心有更坏的事发生。

匠　人

无论如何，我们会有平平安安的一天。

巴西奥

谁能想到我们会有平平安安的一天呢？在我们这里
竟然混进这样的敌人。不过，他们一部分已经被处死在
监狱里头，另一部分也很快会送命。我希望，这对任何
妄图攻击威尼斯的人来说会是一个教训。我想在未来较
长时间里不会有人敢在这里胡作非为。

学　徒

这群歹徒这么死真便宜他们。他们不配在战斗中赴
死。他们只配在刽子手的手里送死。

巴西奥

管他们怎么死的，这不重要。重要的是我们的威尼
斯摆脱了这群歹徒！他们再也不能胡作非为。但愿威尼
斯的敌人全是这般下场！

匠　人

看那叛徒。咱们把他忘了。他怎么啦？他让钱掉在地上，他竟敢抬起头来看四周。

侍　从

他好像是要去发生械斗的地方。要不要制止他？

巴西奥

用不着！让他去吧。我们只需跟着他，他要是想和那帮歹徒一起反抗，就会和他们一起送死。这样的话我们就能摆脱他，威尼斯也不至于失信于他。真是再好不过。让他去吧！

匠　人

他停下来了。看哪，他笑了。他会不会是疯了？

巴西奥

这是个让他彻底完蛋的绝好机会。他不去，我们就强迫他去。让他去送死。

匠　人

他像是要去。

巴西奥

让他快点去。这一切好快点结束。我看到我东家的女儿在那边。她可能会走过来。她一无所知。她也不该知道。这些危险和流血的事会败坏她的节日兴致。来人啊。你们三个跟着这叛徒过去。他如果想死的时候手里握着一把剑，那就让他在地上随便捡一把。无所谓。他如果还有犹豫，你们就强迫他去，让他尽快和其他人一起送死。你们其他人，把剑收了，就地解散，不准走漏一丝风声。

匠　人

他又一动不动了。

侍　从

怎么办？

巴西奥

等一下。看他想干什么。

加斐尔

死神来带我走，耻辱也离开我。
我即将看不见，眼前的城多么美！
我要远离活人的住所，永不返归。
无人知晓我去向的黎明和城邦。

巴西奥

我东家的女儿走过来了。快，我们走，快拖他去送
死。

（所有人退场。）

维奥莱塔

白日好容颜，嫣然一笑间，
这城和千百运河随之璀璨，
迎来祥和一天的心与眼
　　看白日多明妍！

夜夜怎及昨夜的好眠，
舒展了多少睡意缠绵。
睁眼看轻步而来的白天
　　比睡眠更甘甜！

久盼的白日终于来召唤
伫立在石与水间的城邦，
清晨的空气静默无言，
　　先起一丝轻颤。

看幸福临在了，我的城邦
与大海联姻缘，远看近看
层层欢声轻叫的海浪
　　与你醒来做伴。

日光在海上缓缓地蔓延，
我们将陶醉在节日的庆典。
海静静在等。多惹人爱恋，
　　这海上的光！

（落幕）

诗　歌

[题解] 1968 年的《诗集》一共收录了薇依的九首诗。《致一名富家少女》(*A une jeune fille riche*) 是少年习作，颇有自传意味。《读在圣查理曼聚会上的诗》(*Vers lus au goûter de la Saint-Charlemagne*) 写于 1926 年 1 月，薇依当时就读于亨利四世中学的"高师文科预备班"。薇依自称在二十岁时写下了《闪电》(*Eclair*, 1929)。1937 年，她把《普罗米修斯》(*Prométhée*, 1937) 寄给诗人瓦莱里 (Paul Valéry)，并收到对方的回信。《致白日》(*A un jour*, 1938) 写在一年以后。最后几首诗《星辰》(*Les astres*, 1941)、《大海》(*La mer*, 1941—1942)、《必然》(*Nécessité*, 1941—1942) 和《门》(*La porte*, 1941—1942) 全是在马赛时期写的。从文稿中看，这些诗歌随后均做过不同程度的修改。

这些诗歌在薇依生前均未曾发表。据佩特雷蒙回忆，薇依表示过，为了保留这些不为人知的小诗，情愿舍弃自己的其余所有作品。[①] 直至生命的最后时刻，在伦敦寄出的家书中，她还在牵挂这些诗，希望有机会"按写作先后顺序"一并发表。

1947 年，《南方杂志》发表了《闪电》和《必然》。1962 年，《门》作为开卷语收入《关于神的爱的无序思考》，并附有题铭："尘世是关上的门。一道屏障。同时又是通道。"

---

① 参 Janine Plagnol, *Poésie et musique des sphères*, *SW et Rilke*, in *Cahier Simone Weil*, TomeXX-N° 3, septembre 1997, 页 194。

致一名富家少女

克吕墨涅，在时光里，我要看见从你的妩媚

一天一天生出眼泪的天赋。

你的美丽还只是一身骄傲的甲胄；

日复一日终要化作飞灰；

人们将看不见你，灿烂骄傲，

放下面具，走进木棺的夜。

命里注定你将从逝水的花季

滑向何方？何种命运？何种寒冷的悲惨

会来揪紧你的心，迫它狂喊？

没有谁会起身拯救这样的美好；

天空缄默，当有一天正在抹去

另一天散发光彩的清容和柔颜。

有一天会涂灰你的脸，有一天会折断

你哀哀忍饥的腰；一阵寒战会撕咬

你从前只知温暖的柔弱身段；

有一天你会是困顿巡行的鬼魂，

在世界的监禁中，没完没了

奔跑，奔跑，把饥饿当作动力。

深夜里你像一只兽被滩涂围困，

从此上哪儿去找你贵族的纤手，

你的绮衣、额头和起着高傲褶皱的嘴唇？

水在发光。你在发抖吗？目光为何空洞？

不堪死去，且留下苍白的肉身，

一堆残枝败叶，在清晨的灰中！

工厂开门。你可会去流水线做工？

放弃你皇后般优雅的迟缓手势。

快，快点！快，快点！到了晚上，

滚吧，目光暗淡，两膝破碎，驯服

沉默；从你卑微惨白的唇只读出

在无望的努力中顺从的强硬秩序。

你可会在夜晚走进城市的喧嚣，

为几个钱，任人玷污你奴隶的肉身，

你那因饥饿变成石头的死亡的肉身？

它不会颤动，当一只手轻抚过；

躲闪和惊跳被摒除在角色之外，

眼泪是一种奢华，想要也徒然。

你却在笑。对你来说不幸只是童话。

你安然远离这些不幸姊妹的宿命，
你连看也不曾看过她们一眼。
你紧闭双眼，慷慨地施舍；
你的睡眠干净，没有忧郁的幽灵，
你的白日在高墙之内明澈地流过。

一张张纸片，比城墙还坚硬，
庇护着你。烧掉它们，你的心
将受阵阵打击，全部粉碎。
但这纸片令你窒息，遮蔽天和地，
遮蔽人和神。走出你的温室吧，
赤裸裸，在冰冻世界的风里颤抖。

读在圣查理曼聚会上的诗

（亨利四世中学，1926 年 1 月 30 日）

我听见歌唱、喧哗、呼唤和笑声；

这些看来如此欢悦的年轻人是谁？

人类的命运总在何时变得险恶？

我在他们的眼里看到哪种光芒？

有些还是孩子，另一些几近成人，

但同一种幸福在他们的额前闪耀；

他们看见什么天堂，一经命名就暗淡？

他们会想些什么，处在我们的纷乱中？

想他们将要实现的功业吗？

甜美的青春被照亮

在清晨最明澈的目光，

你一年又一年行走

直到与命运相遇。

你注视洁净的星辰，

走向无遮的未来；

你在光中行走，

目光自由，两手空空，

迎面是灿烂的拂晓

升起在城邦上空。

你迷醉在圣贤的迷醉中，

饮着洁净、纯真而明澈的空气；

你自信听见一个神的消息，

在这电光如林的寂静中；

你不爱香水和做梦，

轻视过分短暂的花儿；

你走进苏醒的和平，

踩过未受蹂躏的雪；

你在山谷只看见

太阳的自由游戏。

你出发了，顽强天真而洁净，

手中握一把双刃剑；

你自信一身甲胄的光彩

称得起这神圣的太阳；

自由，顷刻犹如神迹，

你洁净的目光是一个神谕，

告知太过忧患的前辈，

他们没有结果地自问，

星辰将何种命运预言

给这些沉默的年轻人。

原来当时的命运暗淡又悲惨；

国民的面包时有短缺；

人们厌倦了政治斗争，

已然发怒动摇，开始抱怨。

远方有国家经临的阴暗战争，

作战的士兵尚未成年；

这里的沉重忧患造就严峻的眼神，

在万般不幸中，还能想些什么呵，

这些得胜的年轻人？

也许他们看见，犹如在梦里，

我们所纪念的那个皇帝经过；

他们看见高举的手臂进袭不休，

听到比大炮更美的低沉声响。

有人挥舞着迪兰达尔和乔瓦斯，①

这两柄太阳之剑在闪电中发光，

胜利的军队不停经过，

挺身在马上，一派高傲的欢乐，

目光清澈的骑士们呵！

————————

① ［译按］英雄罗兰和查理曼大帝的剑，分别带有"坚忍"（Duran-dal-Durer）和"喜悦"（Joyeuse）的意思。

英雄勇敢作战，砍杀接二连三，
剑上淌着血，心灵依然洁净；
天使在天上对呼唤他的士兵微笑，
而战士作战，也更热情自信。
他们为天主和温柔的法兰西而战；
在死去的骑士身旁，扼腕前来
有天主的三名圣女，美丽的歌舞队，
美惠、信仰和纯真的希望，
为他揭去命运的面纱。

但他的同伴把他掩埋在大地下，
从此他将长眠的法兰西的温柔大地！……
随即投身作战，战争重新
发出咆哮，他们争相为他报仇。
不断有人死去；时时有人受伤，
利剑猛攻下，砍伤接二连三；
他们最后甚至感觉不到这伤人的剑，
前仆后继，砍杀，砍杀，心迷神醉，
直到他们的手臂开始疲倦。

那名想起查理曼大帝的英勇的年轻人
渴望轮到自己去作战、杀敌和死去；
走啊，不停地走，穿越深谷和高山，

仿效先人，没有一刻想过逃跑。
年轻沸腾的血在他灼热的血管中
蔓延；他不知道那样的时代已然过去：
一个人双手血淋淋地打另一个人，
没完没了以粉碎的头颅滋养
他那灼烧的迷醉！

年轻人再也不能在战争中
满足自己行动和杀敌的渴求；
今天的战士作战——艰巨的战斗！——
不用剑，在烂泥中，不能砍杀。
但倘若不能想望走这条路，
但倘若不能想望模仿这些战士，
他也不应悲痛，不如去倾听
从自身升起一个强于疑惑的声音，
召唤他去参加别的战斗。

时代不同了，不能再做梦
为无用的行为而徒然迷醉；
我们要加入无休止的战斗，
比民族战争更美的战斗。
我们要驯服这个世界，
用有力的双手拥抱宇宙，

我们要建立权利和繁荣的和平，
并处处烙上我们的深刻印记
在万物和命运之上！

出发吧，年轻人，在年华的炽热中，
出发吧，顽强又矫健，为了这般美丽的战斗；
凭借两大美德，耐心和勇气，
你们要战胜一切，乃至坟墓。
比起查理曼大帝，不如呼唤圣女，
她有伟大的心灵，比死亡更强大；
就像那法国人在恐惧中也呼唤她，
当他看着她，不带威胁，毫无怨言，
守护沉睡中的城市！

闪　电

愿纯净的天空为我迎面捎来

——这长云扫过的天空呵，

一阵大风，带欢乐气味的风，

愿一切从如洗的梦中诞生：

为我，生出人类的城邦，

一股清气吹散城中雾霾，

生出屋顶、脚步、呼声、百种光亮、

人类的喧嚣，消逝在时光中的一切。

生出大海和摇晃的小船、

船桨的划动和深夜的火；

生出田野、摊开的谷堆，

生出夜晚、相随的星辰。

生出灯盏和蜷曲的膝盖、

黑影、矿山弯道的拱顶；

生出一双双手、研碎的硬金属、

在机器的尖叫中被磨锉的铁器。

世界诞生了；风啊，刮吧，留下它！

但它裹在雾中重又消逝。

我更早诞生在乌云中

惨绿天空的一次撕裂。

普罗米修斯

一头孤独惊惶的兽，

肚中馋虫不住撕咬，

被迫奔走，疲倦颤抖，

为逃开饥饿而陷入死亡；

阴暗的林中求生；

夜的黑影下失明；

石缝里受要命寒冻；

偶然的拥抱才有交配；

为神所苦，受伤而嚎叫——

人类啊，若无普罗米修斯，你们不过如此。

创造和毁灭的火啊，技艺之焰！

火，夕阳余晖的子女啊！

晨光爬上太过忧伤的夜心头；

温存的家园让手牵手；耕地

也取缔燃烧的荆棘。

坚硬的金属从熔流喷溅出，

火红的铁弯曲、顺从为锤。

屋檐下的光照充实灵魂。

面包在火中如花儿般成熟。

他多爱你们呵，才会有这般美的恩赐！

他送来车轮和杠杆。何等奇观！

命运听命于脆弱的人手。

欲求远远地畏惧那操纵

杠杆的手，道路的主人。

哦，海风被一只帆征服！

哦，大地被犁开，无遮地淌血！

一盏微弱的灯侵入深渊！

铁在奔流、吞噬、夺取、伸长、研碎，

顺服而坚硬。手臂扛起战利品，

那舍得生命的沉重宇宙。

他发明了崇拜礼仪和神殿，

奇妙的圆圈，让神们驻足

远离此世；让人开始冥思——

孤独无语——命运、死亡和宇宙。

他发明了记号和语言。

有翅的词语飞过年岁、

高山与穹顶，感动人心与手臂。

灵魂悄声自语，试图了解自己。

天地和大海沉寂下来，以听见

一对好友、两个爱人低声倾诉。

最灿烂莫如数字这个恩赐。

鬼魂和精灵纷纷垂死离去。

计算的声音懂得驱散阴影。

风暴也平静而透明起来。

星辰盘踞无尽的天穹；

对船帆絮语，从无谎言。

环环相扣，岂容平白无由；

正义的天平上万物相应。

休止般的纯净歌乐升起。

时间的裹尸布时而裂开。

他把黎明成就为永恒的喜乐。

他却要服从绝不仁慈的命运。

被铁锁锁钉在石上；他低着头，

吊在十字架上，心间有

冰冷的苦楚如刀锋刺入。

时日、季节和世纪吞噬灵魂，

日复一日他的心神在衰竭。

他的身体被迫徒然地扭曲；

即逝的瞬间在风中传遍怨诉；

孤独而无名，他把肉身交付不幸。

致 白 日

轻雾之外，白日升起，

越过群山之巅。

世界前来驱散梦；

出现吧！永别了，精灵们！

每当惨白冰冻的晨光

深入灵魂，不意穿越

令人哀伤的样子、

每片纤草的轻颤，

只愿有一片寂静升起，

无限融入透明的沙漠！

哪颗心不碎，倘若清晨

骤然温存地来袭，

宿命的怀疑、悔恨、恐惧

悄声骚动的阴影就此湮灭？

恩典伤人心；心在滴血，

在平原面前，那里有水流过

烟迷雾霭的皱痕，

赤裸轻颤的树枝，

凌空掠过的翅膀，

微光淹没的空气。

新出的白日，露水生成的白日，
在灵魂和天宇中多么明净，
这般安详的光彩夺目呵，
宛如随处的一次爱抚，
总会再来，温存又清澈。
夜晚将以流溢的空气
布满潮湿的草场。
然而，在夜晚降临，
安静地蔓延在人群中以前，
白日哦，你要被玷污！

                  *

每个时刻，上升的白日哦！
从一次无声飞行中消逝，
身后留下的耻辱
由初生的瞬间收容。
到处有嘴突然张开，
在下个呼吸时暗淡。
时日和甜美的季节：
生命在昨日尚无泪

如今却惟余不安，

徒然的劳作，抑郁和监禁。

何等力量在扭伤人生，

金与铁、宿命和法则

碾碎宽广的年月，

在悄声的空间里！

每当漫不经心的唇

向受虏的人群释放

这些满载时光的字眼，

光阴就坍塌作飞灰；

晨光碰触眼皮，

背弃一个个瞬间。

为何以你的曙光刺伤

败徒的双眼，夭折的白日啊？

他们厌倦了还得看见

一次受禁的太阳隐现。

度过死亡的白日太漫长。

苦涩的拂晓要他们跟从

可怕的行进，不得蹒跚。

他们的心和膝支撑不住。

但必须挺住，去往

灵魂不肯去的地方。

无数孤寂的灵魂有无数次
向这消逝的白日致敬。
这千万个无生气的白日
是一件贱价售出的玩具。
几名玩家，受光影纠缠，
把目光投向年华的远方，
不知道白日的到来。
拂晓和夜晚只是梦呓，
倘若如剑未刺进心窝，不曾陷入
那短暂而灿烂的和平。

他们盲目地挤压和搅浑
未来，过去和现在，
无论做什么，永远不懂
在时年的饥渴里
获得一点满足。
他们在阴影中攥着拳，
自以为抓住不幸的世纪。
天宇的中轴徒然精准。
孱弱而神圣的白日，庄严的白日，
白日呵，你不为他们诞生。

哎，你为谁而诞生？

这些沮丧的年轻人，

你可愿以曙光润泽他们，

在未经耕作的田间？

他们满脸乌泥，

远离关怀的大手，

永远蜷在地上，

张着不祷告的嘴，

眼睛对光线麻木，

不再有白日里的生存。

另一些光着身沾满

路途中拂晓的露水。

他们向路上所有人家

伸出无用的双手。

一抔黄土掩埋了

被不幸腐蚀的尸骨，

土地从不曾养育他们。

另一些，只有长眠的另一些……

过去的白日禁止他们

看见你——对他们微笑的白日呵！

无力的白日，就连石头

你也不能穿烂。

一道墙夺去爱你的人；

如铅的墙沉沉压在

胸口，直到夜深。

从工厂的繁重喧嚣、

玷污肉身的交易、

恒定的监狱深处，

升起悲惨的目光。

哪一丝光线又肯照看他们？

暗淡的人群被封闭，

相连的肢体在发抖。

对于听任凌辱的命运，

对于受挫的漫长努力，

明澈的平原多么阴沉！

即便在微风的暖意中，

即便漫步在田间，

耻辱和苦涩的惊愕

照样会阻拦天和地

这光照温柔的时日。

但夜渐渐遮蔽

这充斥城邦的种族，

肉身沉重的人类，

精神昏睡在光里。

他们只因闪电发抖，

每当它要毁灭和分裂，

从天而降肆横人间。

这初生的幸福的白日，

不再有人认出它吗？

这一天行将结束。

         *

含泪的闪亮的微笑，

某个寻常白日的开端，

来吧，带上我们，扬去不安，

升起、照亮、点燃、行进！

你的火焰时时在移行；

你安然焕光的翅膀飞掠

一个个惨淡的国度。

你在空气中有痕如花。

但愿有一回在缓慢的间隙，

有人注意到你的迸发！

愿拂晓以天使之唱呼唤

一颗顷刻无声而清澈的心，
带着新生的温存，
在空气中凌乱悸动。
但愿这长日是对心的约定，
永在连接真实的灵魂
和天宇的固有天平。
长日哦，心将畅饮你！
来吧，以虚空填满它，
使它与诸神齐类。

在平原上徒然暗淡
今晚的无上的光。
移行的天宇徒然
把清朗时刻卷往别处。
这属天静寂的白日
永远带给广袤的世界
一种为爱穿透的精神，
即便它时日将近，
盲目的宿命终结，
愿最后的白日来临。

海

听凭约束的海，默默顺从的海，

永远浪接浪的纷乱的海，

整个儿献给天宇，顺服的镜子；

为了夜夜替海编织新的褶纹，

远处的星辰不费力气施展大能。

清晨赶来填满整个空间，

海迎接又归还光的天赋。

一片微光倾洒在海上。

海展开在等待中，无所欲求，

随着白日生长、闪耀又熄灭。

夜的倒影不意中隐现

悬浮于水天之间的翅膀。

往下是海浪，遵照至高法则，

摇摆不定，又静若平原，

每滴水都在轮番腾跌。

清水的神秘双臂的天平

自估分量，还有浪花和铁，

只是流浪的小舟没有证人。

船舰上方的缆绳一路报告，
航线清楚可见，从无失误。

无边的海啊，保佑不幸的人类——
挤在你的岸边、迷失在你的荒漠！
向沉没的人倾诉，在他灭顶以前。
深入灵魂，大海哦，我们的姐妹！
请在你正义的海水里将他清洗。

必　然

寂寥天宇的周日循行
在凡人看来的沉默中，
人间张开的嘴，每小时卷进
多少哀伤和残忍的哭号；

所有的星辰舞步轻缓，
独一不变的舞，高空无声闪光，
终究没有形状、名称和节拍，
太过完美，不带一丝瑕疵；

对着悬浮的星，我们的愤怒也枉然。
平息这饥渴吧，若要让我们心碎，
一路喧嚷望乞，星的循行拖曳我们；
我们的灿烂的主宰永是胜利者。

撕碎肉身吧，纯净的点点星光！
一声不响被钉在北方极点，
赤裸的灵魂暴露全部伤口，
我们想跟从你们，直到死亡。

星 辰

燃烧的星辰，在夜里住满远方的天宇，

无声的星辰，盲然旋转，总是冰冷，

你们把冬日从我们心头拔走，

又抛给我们不曾承认的明天。

我们悲泣着，一切哭号只是徒然。

既是必然，我们手连手跟从你们，

双眼看向你们纯净而苦涩的光芒。

在你们这一族里，痛苦不算什么。

我们沉默不语，在路上蹒跚前行。

顷刻心头一亮：那是星的神圣火焰！

门

请打开那扇门，我们将看见果园，
喝园中冰冷的水，水中有月的踪影。
长路在燃烧，那异邦人的死敌。
我们无知地游荡，找不到一处地方。

我们想看见花儿。渴在这里临在。
我们就在门前，等待，受苦。
我们会亲手打碎这门，若有必要。
我们挤啊推啊，门槛却太牢固。

惟有徒然地焦灼、等待和张望。
我们望向那门；它紧闭，不可撼动。
我们紧瞅着它，在折磨中哭泣；
我们总看见它，难堪时光的重负。

门就在眼前，想望又有何用？
不如离去，就此抛却希望。
我们永远进不去，我们倦怠看见它……
从前门启开，为万般沉默放行，

果园和花儿不曾那样寂静；
惟有无边的空间承载虚和光，
瞬时历历在场，填满人心，
清洗在尘烟中近盲的双眼。

薇依与古希腊悲剧传统

吴雅凌

献给孟诉

一出悲剧的诞生

《被拯救的威尼斯》是西蒙娜·薇依生平写过的唯一一部悲剧。

关于这部悲剧的确切的写作起始时间有两种说法。1940 年发生的另一件大事与此有关。6 月 14 日，德军占领巴黎。巴黎沦陷前一天，薇依和父母出门散步，发现街上到处贴着告示，宣布巴黎为不设防城市。薇依一家是犹太人身份。他们当即决定离开，来不及回家收拾行李，直接赶去里昂车站。薇依一上火车就后悔了——以她的性情，她是情愿留下来参加抵抗运动的。但她还是

　　＊　本文中的部分内容曾发表于《浙江学刊》2017 年第 3 期，谨此感谢项义华编辑。

随家人一路经维希、图卢兹和马赛，最终于 1942 年离开法国去了纽约。薇依的母亲提到，薇依在旅途中开始写这出悲剧，①而薇依的传记作者佩特蒙雷特则记起薇依较早之前对她谈论这个话题，推断撰写时间是在巴黎沦陷以前。②

这出悲剧的故事取材于圣雷拉尔修士所记载的一桩发生在 1618 年的历史事件，也就是"西班牙人谋反威尼斯共和国事件"。③十七世纪初期，西班牙哈布斯堡王朝盛极一时，为达到将威尼斯共和国收归治下的目的，暗中策划了一次谋反行动。时值三十年战争爆发前夕，欧洲各国均设有常备雇佣军。西班牙人收买大部分驻威尼斯的雇佣军和若干外国军官，计划在圣灵降临节的前夜突袭威尼斯。行动计划的指挥之一加斐尔（Jaffier）出于怜悯向威尼斯十人委员会告密，致使行动败露，所有谋反者当夜被处以死刑。加斐尔本人被驱逐出威尼斯。

圣雷拉尔修士在今天是被遗忘的作者。他的历史记载在十七、十八世纪很受欢迎，伏尔泰在《路易十四的时代》里提起他，称他是"法国的撒路斯提乌斯"。④比

---

① Simone Weil, *Poèmes suivis de Venise sauvée*, *Lettre de Paul Valéry*, Collection Espoir, Gallimard, 1968, 4er couverture.

② 《西蒙娜·韦伊》（上下册），〔法〕西蒙娜·佩特雷蒙特著，王苏生、卢起译，上海人民出版社，2004 年，下册，页 671。

③ 参看前文第 17 页第 1 条注释。

④ Sallust, 撒路斯提乌斯，公元前一世纪的古罗马史家，著有《喀提林阴谋》《朱古达战争》等。

起详实的资料和确凿的来源，他更关注历史事件中人性因素的探索。这样的治史方法与现代学科分类以后的史学基础相悖，也是他淡出现代读者视界的主要原因。薇依在巴黎读到这段记载以后似乎感触良多。佩特雷蒙特在传记中回忆，薇依当时反复思索"加斐尔的动机"：

> 出于一种高尚的动机，出于对那座城市的怜悯，加斐尔才告发了这次谋反。这种感情如此难得以致在别人眼中看来是不可能的，于是杜撰出许多其他动机。然而正是这个动机才使得这段历史看起来很美。西蒙娜感觉自己是第一个具有这种审美意识的人。①

这段珍贵的回忆让我们有机会了解到薇依最初的思索状况。但把加斐尔问题看成单纯的审美问题，似乎只是传记作者的看法。② 就薇依本人而言，最初的美的触动更像是思考的起点，犹如柏拉图式的"美的阶梯"③，必然有一个不断攀升的过程。从薇依留下的笔记不难看出，

① 《西蒙娜·韦伊》，下册，页671。

② 在马赛的时候（1941年9月），薇依曾把《被拯救的威尼斯》的未完成手稿交给这位同窗好友。佩特雷蒙特的读后意见如下："我觉得它很美，绝对有必要最终完成。然而它不像《重负与神恩》《期待天主》《笔记》和《论自由和社会压迫的诸种原因》那几部作品那样打动我。它依然是一篇让人感到升华的好作品。"（《西蒙娜·韦伊》，下册，页790）

③ 柏拉图，《会饮》，211c–d。

不但加斐尔问题（或加斐尔的怜悯）远远超越了美的最初触动，而且整部悲剧一以贯之没有绕开薇依始终关注的人类基本问题。这里只援引笔记中的两句话作为佐证。第一句与加斐尔的怜悯有关："悲悯从根本上是属神的品质；不存在属人的悲悯；悲悯暗示了某种无尽的距离；对邻近的人事不可能有同情。加斐尔"（笔记13）。第二句与整部悲剧有关："自古希腊以来，第一次重拾完美的英雄这一悲剧传统"（笔记24）。从某种程度而言，这两句话亦是本文尝试理解和思考《被拯救的威尼斯》的起点。

在离开巴黎的最初一段日子里，薇依把全部时间用来撰写她的悲剧。"为了完成这出戏，她几乎整天都在厨房里的睡袋上度过。"① 1618年是另一场影响整个欧洲的战役即三十年战争的开端。1618年的威尼斯同样如一座不设防的城市，同样面临沦陷的危机。我们不妨想象，在写这出戏时，薇依心里在意的是现实中的战争和现实中沦陷的巴黎。"我们连想也想不到威尼斯有一天会亡城或被迫臣服，不是吗？若是那样的话，我们还怎么生活呢？我们将没法生活，我们将沦落在一片荒漠里。"（第二幕第十三场）这句话出自戏中某个威尼斯人之口，又何尝不是在战乱中流离的人们的心声？戏中讲述一群流

---

① 《西蒙娜·韦伊》，下册，页693。

亡者的故事，主人公最后被逐出威尼斯。种种细节映照出刚刚踏上流亡之路的薇依的心境。她在有生之年再没能回巴黎。

在马赛期间，薇依完成了这出悲剧的结尾部分，并于1942年赴纽约前连同其他作品一起寄给她的天主教作家朋友梯蓬（Gustave Thibon）。[①] 薇依在纽约只待了四个月。她千方百计想要回到战争中的欧洲，最终辗转去了伦敦。在伦敦期间，她请家人把与悲剧相关的笔记连同一份悲剧的手稿寄给她。她显然想把这出悲剧写完。死亡却先把她带走了。

这出悲剧虽系未完成稿，但构思成熟，有完整的谋篇，结构场次也已基本搭成。在欠缺对话正文的部分，薇依均有详细的笔记批注。

整出戏分成三幕。

第一幕（共七场），圣灵降临节前一天夜里，主要谋反者聚集一堂，包括法国领主何诺（Renaud）、普罗旺斯人皮埃尔（Pierre）和加斐尔、众军官和众雇佣兵。这群人均从本国被放逐，饱受命运折磨，历尽沧桑苦难。此刻他们心中充满欢乐和冲动。他们确信这次行动万无一失必定成功，并将成为他们的人生的转折点。何诺是行动总参谋，他希望借此进入西班牙宫中，获得西班牙王

———————

① 《西蒙娜·韦伊》，下册，页847。

赏识，实现他的政治理想。皮埃尔是行动指挥，在攻陷威尼斯以后将被指定为新的行政长官。官兵们同样各有盼望。

只有加斐尔是例外。加斐尔并不知道行动计划的具体内容。他是皮埃尔的朋友。他单纯出于对皮埃尔的信任而参与这次行动。加斐尔天性高贵勇敢，血气十足，深受众人爱戴，如军官们所言，"他们更愿意由他来当指挥"（第一幕第一场）。

何诺当众发表了一通长篇讲话。加斐尔这才了解行动计划的具体内容。他突然间脸色发白。何诺看在眼里。他怀疑加斐尔会在关键时刻出差错，提议杀他以绝后患。皮埃尔坚决反对。他把加斐尔视为唯一的好友，愿意为友情抛弃一切。

第二幕（共十七场），圣灵降临节前一个白天，皮埃尔因故必须离开威尼斯，他提出由加斐尔替代他，指挥当晚行动，随后担任威尼斯的行政长官。皮埃尔认为加斐尔比他更配拥有这些荣誉。何诺发表长篇讲辞向加斐尔传授政治理念。加斐尔平静应答。何诺改变看法，和其他人一样相信加斐尔"天生是要做大事的"（第一幕第一场，第二幕第七场）。

威尼斯姑娘维奥莱塔遇见皮埃尔和加斐尔。她欢乐地赞美即将来临的节日。在她离开后，皮埃尔告诉加斐尔，他喜欢维奥莱塔，但不打算在当晚行动中保护她。

在皮埃尔眼里，行动高于一切，没有维奥莱塔，威尼斯还有别的漂亮姑娘。

谋反者们迫不及待地等待行动之夜的来临。雇佣兵开始对威尼斯人表现不逊。军官们表现得理智些，却同样迫不及待。交际花讲述自己的悲惨经历。她同样盼望威尼斯城亡陷，让从前错待过她的威尼斯人吃尽苦头。

威尼斯人沉浸在节日的欢乐中，对临近的灾难一无所知。维奥莱塔相信威尼斯的美本身是最好的捍卫者，没有人会来危害这座城邦。十人委员会书记官反驳女儿说，从来没有哪座城因为敌人的怜悯而幸免于难。但他相信威尼斯拥有完备的防范措施。加斐尔听见父女二人的对话。他表示赞同维奥莱塔。他虽是外国人，却情愿牺牲性命保护威尼斯。

军官和雇佣兵看着维奥莱塔，偷偷开起粗鲁的玩笑。加斐尔命令众人离开，发表长篇独白："这城这人这海即将属于我，祥和的她在我手心不自知……"（第二幕第十六场）何诺回来，加斐尔宣布他很清楚自己该做的事，并彻底下了决心。

第三幕（共四场）。圣灵降临节当日凌晨至黎明之间，书记官如古典悲剧中的报信人，交代前一天晚上发生的事。加斐尔向十人委员会告密，行动败露，谋反者被逮捕。加斐尔要求威尼斯保证他的同伴们的生命安全，但十人委员会决定处死所有囚犯。加斐尔本人则被永远驱逐出威尼斯。

被蒙在鼓里的加斐尔心绪不宁，在监狱附近徘徊，无意中发现真相。他的同伴们全被关押，即将受刑处死。他们怨叹不幸的命运，诅咒加斐尔的背叛。只有皮埃尔是例外。他始终信任加斐尔。

书记官准确地预见到加斐尔在知道真相以后的一系列情绪变化：愤怒（拔剑反抗），悲痛（朋友们的厄运），哀求，直至彻底绝望。书记官的应对方法是冷漠和沉默，用这种最无情也是最有效的方式挫伤加斐尔。等到他承认无能为力，就会陷入顺服状态，这时再把他驱逐出威尼斯。

天将黎明时，囚徒们全被处死，加斐尔也陷入彻底绝望中。威尼斯城的匠人和学徒赶来。他们听闻这一切，对加斐尔既憎恨又鄙视。"可惜威尼斯竟在一个叛徒手里得救。"（第三幕第四场）他们百般侮辱他。他们忍受不了让一个背叛两次的人拿着赏金离开。他们决定把加斐尔拖到街头，有一小群漏网的谋反者正在进行徒然的反抗。他们只盼加斐尔尽快和这些人一起送死。再也没有什么能阻碍威尼斯人的节日狂欢。

终场时分，一无所知的维奥莱塔刚刚醒来，满心欢愉地迎接新的一天。

整部悲剧严格遵循古典戏剧三一律。故事围绕同一个谋反行动的主题展开，并且发生在一昼夜间，从圣灵降临节前一天夜里开始，到圣灵降临节当天黎明时结束。地点则集中在威尼斯城里，更具体地说，是在圣马可广场及其周遭。种种表明，薇依有意维持了这部悲剧的古典形式。薇依在笔记里多次强调，整出戏的正文要呈现为诗体形式，大部分对话采用十四音节的诗行。我们从传记中得知，薇依在当时发现了巴洛克诗人维奥①。她在马赛遇见的诗人多戴尔后来回忆道，她随身总带着一本维奥的《皮拉姆和蒂斯比》，"感觉她其实最想成为一个诗人。我确信她会为了写诗而放弃写文章。"② 从现已完成的诗行看得出薇依重现古典诗歌的用心和努力。

这部悲剧既是诗歌的尝试，也是哲学的尝试。薇依在这部作品里郑重提出了她短暂一生的书写和思考所包含的几乎所有重大问题。作为薇依的读者，我们感觉熟悉的也许不是精心打造的已完成诗行，而是未完成稿中随处可见的笔记。我们从中得以亲近一种思想、一部作品在生成过程中的呼吸、喘息乃至泌出的汗珠。作者一如既往地只关注最值得关注的问题，而将诸种令人贪恋的细节搁置一边。造就这样一种独特写作风格的正是薇依本人的执着。在写作中，正如人生的每个时刻和思想的每个角落，她站在一无所有者的阵营。她甚至不曾拥

---

① 戴奥菲尔·德·维奥（Théophile de Viau，1590—1626），法国诗人和悲剧作者，著有《皮拉姆和蒂斯比》（*Pyrame et Thisbé*），并将柏拉图的《斐多》译为法文。

② 《西蒙娜·韦伊》，下册，页715。

有一部完整的作品。她以袒露残缺的方式追求真实。作为一种古老的书写方法的传承者，薇依提供给我们的教诲很可能超乎我们的想象。

囚徒们

幕起时，他们都在场。欢乐，骄傲，如一群王者。行动尚未开始，胜利却是无疑问的。他们相信他们齐聚一堂是命运的安排。他们将"改变世界面貌并决定未来世纪"（第一幕第六场）。他们陶醉在光荣和梦想之中。一切如此真实。一切却是一场梦。

欢乐和冲动的氛围与一个事实冲突。身为观众的我们不应忘却这个事实。每天我们却在不自觉中过于轻易地忘却这个事实。谋反者是一群不义者，谋反计划的本质是暴力。征服一座城邦，残杀反抗的人。这还不是最可怕的。对于被征服者而言，最可怕的不是死亡，而是亲眼看着心爱的人被杀死或被玷污，转头就要低贱地屈从征服者的意愿。①

悲剧有意加强一种印象。这群谋反者首先是一群人，他们在成为迫害者以前经历过诸种迫害。"要让他们最大限度地给人好感。要让观众期盼这次行动能够成功"（笔

———————

① 这个意象反复出现在悲剧中。如见第二幕第六场，第二幕第十六场，第三幕第四场。

记1）。在某个特定的时刻，他们就是我们。戏中每个人物的言行均有一定程度的理性支撑：军官和雇佣兵的失意、何诺的政治抱负、书记官和十人委员会的国家理性、威尼斯人的公民使命感……以至于乍看起来，没有人是明显的错，也没有人是绝对的对。

"要清楚表明，这场阴谋的参与者是一群被流放的人，一群背井离乡的人"（笔记3）。他们是一群不幸的人，在历尽苦难时欲求更好的人生。他们有充分的理由不满现实，厌倦过往，并期待一次机会转变命数。他们就是我们。我们甚至不难理解"他们恨威尼斯人能在故土安居乐业"（笔记3）。自由民主的威尼斯人啊，何尝善待落拓的贫贱人，在给出一点施舍（更多时候是拒绝）的时候笑得多么伪善，多么傲慢无礼（第一幕第十一场）！

但如今命运之神终于向他们微笑和招手。很快地，威尼斯就会在他们脚下。很快地，威尼斯人就会如他们手中的玩具，任凭他们"掷来掷去，随意拆坏"（第二幕第六场）。

今天看着这群威尼斯人带给我美妙的乐趣。他们是如此自信，自认为存在着。他们自认为都有一个家庭、一所房子，都有若干财产、书籍和珍稀的画。他们认真把自己当一回事。然而，自这一刻起，

他们就不再存在了，一切只是幻影。（第二幕第六场）

他们不知道的是，他们眼中的威尼斯人也是他们自己。他们在开场时对威尼斯布下猎阵，在终场时沦为威尼斯的死囚。他们在这一场中是猎人，在下一场中成了猎物。在前一刻，他们还想象自己掌握着威尼斯人的生杀大权；在下一刻，他们苦苦告饶，只求忍辱偷生，情愿抛弃同伴和尊严。

> 我愿千百次谴责他们，只求留我一条活路。
> 他们都该死，而我，我想要威尼斯人的宽恕。
（第三幕第三场）

因为谋反行动，这群没有扎根没有社会的人突然置身于一个共同体的中心。这个偶然成形的共同体的构成基础暂时命名为"反威尼斯"。他们中的每个人与威尼斯的关系原本不尽相同。有一些人如交际花，还有受到慢待的雇佣兵们，因为不幸的经历而仇恨威尼斯人。还有一些人则和威尼斯人做了朋友，"他们确实待我极好，我常对他们说在危难时刻我的剑愿为他们效劳，在平常我会毫不犹豫地牺牲性命保护他们"（第二幕第十四场）。但眼下，社会共同体的利益超乎一切。他们被要求"以复数第一人称进行思考"（笔记4）。①

何诺作为临时导师反复多次地传授这种"复数第一人称思考方式"的新美德（第一幕第二场，第二幕第六场，第二幕第九场）。他告诫皮埃尔："为了确保行动的成功要不惜牺牲各种感情，我们要求每个人都有这样的决心"（第一幕第六场）。他告诫加斐尔："你若在威尼斯有什么特殊朋友，千万不要试图保护他们，就我们的行动而言，这类顾虑是致命的"（第二幕第六场）。军官向加斐尔汇报思想。在关键性的行动时刻，他的威尼斯朋友们在他眼里"就如蚂蚁，就如一道道幻影"。他回忆起从前某次劫城行动。他在那座城里也有一些朋友。"我当时彻底忘了他们的存在。他们看见我，朝我扑过来，抓住我的外套。我没认出他们，把他们推开了"（第二幕第十四场）。

所有这些政治训导归结为加斐尔与皮埃尔对话之后的一句游移在问句与感叹句之间的话："在准备改变世界的时刻，一个男人或一个女人的性命又算什么？"（第一幕第四场）

---

① 《论毕达哥拉斯定理》："再没有什么比团结更与友爱相悖，不论团结出自情谊、个人好感，还是由于同属一个社会阶层、一种政治信念、一个民族、一种宗教信仰。直接或间接以复数第一人称进行的思想，远远比以单数第一人称进行的思想更背离正义。"（见薇依，《柏拉图对话中的神》，华夏出版社，2017年，页76）

　　　　没有扎根的社会，不是城邦的社会，罗马帝国。

　　　　一个罗马人永在以复数第一人称进行思考。

　　　　一个希伯来人同样如此。

　　　　对谋反者而言，西班牙和谋反行动就是社会。
威尼斯则是城邦。

　　　　城邦不会让人想到社会。

　　　　扎根不是社会，而是别的。（笔记4）

　　这条笔记是本文理解整部悲剧的关键。薇依继续援
用柏拉图对话中的意象，也就是《理想国》卷六中的
"社会的巨兽"这一譬喻。"人类社会，乃至社会内部诸
种形式的集体，均如一只巨兽。"[1] 负责饲养巨兽的人研
究巨兽的习性喜恶，整理成条约，并作为美德教授给社
会中人。在薇依看来，希伯来文明和罗马文明"自以为
能够逃脱人类的共同苦难"[2]，均系巨兽的典型。在悲剧
中临时形成的"反威尼斯"共同体同样是没有扎根的社
会、不是城邦的社会。上至何诺，下至众雇佣兵，人人
遵循以西班牙哈布斯堡统治为名的巨兽原则。何诺对加
斐尔的长篇讲辞是一次巨兽政治学原理的总结精要（第
二幕第六场）。依据柏拉图对话中的说法，他们本是一群
"从事最大的不义活动的人"，如今他们自信"为自己赢

----

① 《柏拉图的"会饮"释义》，见《柏拉图对话中的神》，页238。

② 《伊利亚特，或力量之诗》，见《柏拉图对话中的神》，页36。

得为正义而奋斗的最大美名"。①

在这场讲辞中，何诺热情洋溢地宣称：

> 从事谋反行动的人是做梦者，他们喜爱梦境甚于现实。不过，他们借助武力禁止别人去做他们做的梦。征服者活在自己的梦里，被征服者活在别人的梦里。（第二幕第六场）

自开场幕起至终场幕落，谋反者们确乎活在一场集体的梦中。征服是一场梦。征服者自愿活在自造的梦里。他们忽略了一个基本事实（忽略的唯一方式是暴力，思想的暴力和付诸实施的暴力）——既然他们欣欣然点起战火，从此没有谁能够超脱在战争的困境之外。谁也不能。正如从前的阿喀琉斯也不能，即便他是特洛亚战争中最与神接近的英雄。

这场梦是身居洞穴的囚徒们的梦。囚徒们永在洞穴里，手足头颈套着镣铐，不能动弹，只能看见火光投射在对面洞壁上的影子。他们"以为看见了自己，其实只看见自己的影子。认识你自己：无法在洞穴之中践行的箴言"②。他们做囚徒，不仅仅发生在他们被套上镣铐的

---

① 此句出自柏拉图，《理想国》，卷二，361a—b，见王扬译注，《理想国》，华夏出版社，2017 年，页47。

② 《柏拉图对话中的神》，页173。

那一刻。他们从来就是囚徒。在他们冲动快乐的时候，在他们想象威尼斯就在他们脚下的时候，在他们相信命运女神在对他们微笑招手的时候，在他们兴奋地把谋反行动比作一场儿时游戏的时候，他们就已经是囚徒了。

皮埃尔另当别论。薇依说过，我们无一不是囚徒，我们不知道自己在何种程度上是被巨兽影响的奴隶。[①] 这是一个必须时时刻刻拷问自己的问题。归根到底，他们就是我们。皮埃尔的例子因此尤其珍贵。

从本质而言，皮埃尔同样深受巨兽理论的影响。他接受了何诺的政治训导，这从他对待维奥莱塔的态度中明显看得出来（第二幕第四场）。当他迫切地说服加斐尔时，他的劝说的话使他成为和何诺一样的人。"皮埃尔的话要与《旧约》相连"（笔记9）。前面说过，在薇依的语境里，旧约或希伯来文明是继罗马帝国之后的另一个巨兽典型，另一个"永在以复数第一人称进行思考"的典型。

> 也许除《约伯书》中的几个章节以外，旧约没有哪个文本能够发出和古希腊史诗一样的声音。在基督宗教盛行的二十个世纪里，人们在言行中赞美、阅读和仿效古罗马人和希伯来人，每当需要为某个

---

① 《柏拉图对话中的神》，页163。

罪行辩护时，必然会援引他们。①

皮埃尔确乎是这么劝说加斐尔的（何诺同样如此）。伟人在实现一次伟大行动时都会有片刻的怜悯，却绝不会有丝毫迟疑。"罗马人当初也为迦太基流泪，但还是毁了那座城"（第二幕第四场）。

然而，对加斐尔的友爱使皮埃尔一再地超越巨兽原则。第一幕，他拒绝何诺处死加斐尔的主张。第二幕，他坚持让加斐尔替代他本人成为行动的指挥。这两个行为严重威胁"反威尼斯"共同体的利益，并直接导致行动的败露。第三幕，在沦为囚犯时，他想的不是自己而是加斐尔。他希望和加斐尔死在一起。他自责造成加斐尔的不幸："你信任我，跟随我，我却引你走向失败和死亡"（第三幕第三场）。

在死亡面前，囚徒们的社会瞬间坍塌，比当初偶然形成还要仓促。何诺因为丧失光荣与梦想的所有希望而悲愤绝望。军官们要么软弱地求饶，要么诅咒他们在几小时前尚且坚信不疑的一切价值。只有皮埃尔未受影响，有始有终。他始终信任加斐尔。友爱②使他浑然忘我，在

---

① 《伊利亚特，或力量之诗》，见《柏拉图对话中的神》，页36。

② 《论毕达哥拉斯定理》："友爱是一个调和等式——毕达哥拉斯对友爱的定义，奇妙地同时适用于人类与神的爱和人类之间的友爱。"（见《柏拉图对话中的神》，页70）加斐尔的经验对应人与神的爱，皮埃尔的经验对应人类之间的友爱。

那一刻超越巨兽统治的疆界。

> 有关社会的一种神圣标签：包含一切许可的令
> 人陶醉的混合体。乔装的魔鬼。
> 然而还有一座城邦（威尼斯）……城邦不是社
> 会的。城邦是一种属人的环境，除呼吸的空气以外，
> 置身其中的人再也意识不到它。城邦是一个契约，
> 与自然、过去和传统的契约。城邦是一种μεταξύ［中
> 介］。（笔记9）

与"社会"（le social）相对应的概念是"城邦"（la
cité）。薇依两度在笔记中强调这个对子（笔记4，笔记
9）。当她说"威尼斯是城邦"（笔记4）时，我们有理由
相信，她说的不是十人委员会的威尼斯，甚至也不是匠
人和学徒的威尼斯。

毫无疑问，不仅谋反者是囚徒，威尼斯人也是囚徒。
只在一瞬间，威尼斯人从被困的猎物变身成为猎人。他
们在一夜间对所有谋反者赶尽杀绝。他们以"复数第一
人称"之名违背对加斐尔的诺言。我们不会忘记剧中几
次提到的威尼斯的酷刑，它让最勇敢的人也闻风丧胆
（第二幕第五场）。在威尼斯监狱里，"用不了拷问太久，
各种秘密很快都会交代清楚"（第三幕第四场）。依据薇
依笔记中的构思，第三幕第一场中书记官交代如何镇压

事败后的谋反者，要几乎一字不漏地重复第二幕第六场
中何诺教导如何镇压威尼斯的话——这些话不是别的，
正是巨兽的政治学理论。

整出戏中的人物有严整的结构构成。何诺与书记官
（以及十人委员会）是一个对子，军官、雇佣兵与威尼斯
人是一个对子，交际花与维奥莱塔是一个对子。这群人
（除维奥莱塔以外）所代表的"社会"又与加斐尔在暗夜
寻索的灵魂所代表的"城邦"形成一个对子。

在最后一场戏中，威尼斯人对加斐尔做了一次私人
审判。他们决定把他拖到街头送死。他们匆匆避开了维
奥莱塔，避开了维奥莱塔欢欣迎来的白日。如果说他们
宣誓"在必要时刻起来保卫城邦"（第三幕第四场）是不
容置疑的义举，私自论断①"有罪者"却使他们不再可能
无罪。他们在不自觉中让自己置身于黑暗中。他们让自
己也成为命运的猎物。在整部悲剧里，没有谁比谁更坏，
也没有谁因而遭到轻视——加斐尔是一个例外。他所遭
受的轻视和侮辱却是另一种必然。叙事的公正如薇依在
谈论古希腊史诗时所言，"没有一个《伊利亚特》的人物
能够幸免，正如没有一个大地上的凡人能够幸免"。②

那么，那个作为"城邦"而与"社会"相对的威尼

---

① "你们不要论断人，免得你们被论断。"（《马太福音》，7：1；《路
加福音》，6：37）

② 《伊利亚特，或力量之诗》，见《柏拉图对话中的神》，页34。

斯又在何处？

在谈论主人公加斐尔以前，我们还有最后一个重要人物没有谈及。薇依所描述的"不是社会的城邦"与这个人物有关："城邦是一种属人的环境，除呼吸的空气以外，置身其中的人再也意识不到它。"（笔记9）

这个理想城邦威尼斯坐落在维奥莱塔的眼与心里。纯洁无罪的姑娘，灵魂没有一丝玷污，连花儿也不曾折过，连玩具也不曾弄坏过，连昆虫的羽翅也不曾拔断过（第二幕第十三场）。从头到尾，她一味地盼望节日，一味地赞美威尼斯的美，一味地享受"一无所知的幸福"（笔记14）。在维奥莱塔身上充分显示出绝对的信和因信仰而获得的喜乐——

> 她不知道在自己身上发生了什么变化，也不知道自己究竟怎么了，只不过，天空、大海、光线、坐贡多拉船闲逛，还有满城的人们，凡是她看见的人、她做的事，都让她满心欢乐。（第二幕第十二场）

维奥莱塔相信，"神不会允许像威尼斯这么美好的事物遭受毁灭"（第二幕第十二场）。威尼斯的美足以自卫。世间没有什么能够摧毁这份美。这份美本身就是最好的捍卫者，比十人委员会的国家理性更有效。在父亲眼里，这是天真的想法。在所有谋反者眼里，这样的美不堪一击。早在行动以前，雇佣兵和军官对着维奥莱塔垂涎欲滴，开起粗鲁的玩笑（第二幕第十二场、第二幕第十四场）。这个纯洁如花的生命眼看就要落入狼群，毫无保全的可能，一如当年的交际花的遭遇。维奥莱塔的美是威尼斯的美。维奥莱塔的脆弱是威尼斯的脆弱。从某种程度而言，维奥莱塔就是威尼斯——

> 这个城邦是虚构的，纯粹是灵魂的象征。柏拉图也说了："或许天上有这个城邦的原型，凡是渴望看见它的人看见它，也能建立属于他自己的城邦。"（柏拉图，《王制》，卷九，592b）[1]

只有加斐尔看见了。而有一人看见就足够了。加斐尔从维奥莱塔身上辨认出威尼斯的存在（笔记11）。威尼斯——灵魂的城邦——因此获救赎。在某个几乎无人察觉的时刻，巨兽的经验彻底坍塌，胜利荣归信者的天真。

完美英雄的原型

悲剧中的英雄出于怜悯拯救了一座城邦，为此付出

---

[1] 《柏拉图对话中的神》，页177。

他所珍视的一切。荣誉、友爱、尊严和生命。他从最高贵的沦落为最低贱的和最受凌辱的。

这样的结局不得不让人意外。加斐尔的行为不是符合正义的吗？若是正义的，为何导致如此悲惨的下场？他的同伴因为他的背叛而全部丧命。他本人从一个人变身成一头人人喊打的兽（笔记19）。正义的代价何其不公平？如何思考这出悲剧的正义问题？

这样的结局却又是薇依深思熟虑的结果。结尾部分在全剧中的完成度最高。薇依在离开马赛以前就已写好。有别于其他场次均以笔记标注，处于构思状态，全剧中只有第三幕第四场没有笔记，呈现为完稿。

薇依在笔记中申明："自古希腊以来，第一次重拾完美的英雄这一悲剧传统。"（笔记24）这句话值得我们反复再三的推敲。

古希腊悲剧英雄受困于人与神的无限距离，为分享至善和至美，犯下渎神的罪，受惩，受尽苦难，在不幸中成就高贵的德性。从某种程度而言，加斐尔确乎是这样的英雄人物。开场时，他在众人眼里犹若天神。他天性高贵，智慧过人，血气冲天。在某个时刻，他也确乎把自己当成神，因此而犯错受难——

　　悲悯从根本上是属神的品质。不存在属人的悲悯。悲悯暗示了某种无尽的距离。对邻近的人事不

可能有同情。加斐尔。（笔记 13）

加斐尔自称："我全部的罪过就是怜悯"（第三幕第四场）。出于怜悯，他背叛了谋反共同体，向威尼斯共和国告密，致使所有谋反者被处以死刑。作为两个均以"复数第一人称进行思考"的敌对社会，谋反共同体的利益与威尼斯共和国的利益本不可能共生共存。如果说加斐尔确乎犯了错，那么，他的过错就在于，他自认为有能力调和那本无可调和的矛盾，自认为可以破解那本无可破解的两难困境。加斐尔与古希腊悲剧英雄一样，因为傲慢而犯了渎神的罪。

然而，纵观古希腊三大悲剧家的作品，我们竟找不到一个和加斐尔一样下场的英雄。

加斐尔也许接近消失在宙斯的雷电中的普罗米修斯。同样是以拯救为名却遭受迫害永劫不复。然而，埃斯库罗斯的英雄自始至终高人一等，尚能骄傲地呼唤天地的见证①，加斐尔却是苦苦呼喊而毫无回应，他在诅咒天地之后陷入彻底绝望的空无。

加斐尔也许接近挣扎在疯狂与清醒之间的埃阿斯。同样的伟大和出类拔萃②，同样在长篇独白中难以释怀，

---

① 埃斯库罗斯，《普罗米修斯》，见罗念生译，《罗念生全集》，第二卷，上海人民出版社，2004 年，页 125。

② 沈默撰，《高贵的言辞：索福克勒斯"埃阿斯"疏证》，华东师范大学出版社，2000 年，页 29。

同样在某个时刻因伤害同伴而自伤而陷入绝境。然而，没有谁在加斐尔死后探讨他是否应该像索福克勒斯的英雄那样得到有尊严的葬礼。

加斐尔也许接近天性贞洁克制的希波吕托斯。同样在绝望中怨惜"对于人间因了虔敬而所受的劳苦都是白费了"①。然而，加斐尔不比欧里庇得斯的英雄，在他临死时既没有阿尔特弥斯女神的慰藉，也没有父亲忒修斯怀抱中的和解，在他死后更没有特洛曾处女们的长久歌悼。

我们在悲剧诗人笔下找不到加斐尔的原型。因为，没有哪个悲剧英雄如加斐尔那样遭遇最极致的恶的征服，以至于在某种程度上，我们在加斐尔身上只能看见恶，而看不见那个从前他所是的人。

俄狄浦斯王也许最接近加斐尔的原型。这里头至少有两个审视的层面。首先，他如尼采所言是"希腊舞台上最悲惨的形象。"② 这个"忒拜城最高贵而又最不幸的人"③ 蒙受了极致的苦难，超过悲剧诗人笔下的所有英雄。俄狄浦斯犯下的罪是不可开释的罪，人所无法直视的罪，不能见天日的罪。世间无处也无人能够包容这样

---

① 欧里庇得斯，《希波吕托斯》，行1365，见周作人译，《欧里庇得斯悲剧集》，中册，中国对外翻译出版公司，2003年，页762。

② 尼采，《悲剧的诞生》，孙周兴译，商务印书馆，2013年，页69。

③ 索福克勒斯，《俄狄浦斯王》，行1378，见罗念生译，《罗念生全集》，第二卷，上海人民出版社，2004年，页383。

的罪："不要把这一种为大地、圣雨和阳光所厌恶的污染赤裸地摆出来"。① 俄狄浦斯倾尽存在之所是也难以承担这样的罪，只能戳瞎眼睛，自我放逐。"快把我这完全毁了的、最该诅咒的、最为天神所憎恶的人带出，带出境外吧。"②

第二，俄狄浦斯在临死前的顺服接近加斐尔最终的顺服，或如尼采所言，"某种纯粹被动的行为"——

> 这位老人遭受了极度苦难，他纯粹作为受苦者经受他所遭受的一切，而与之相对的是一种超凡的明朗，他从神界降落，暗示英雄以其纯粹被动的行为而达到了至高的远远超越其生命的主动性，而他早先生命中有意识的努力和追求，却只是把他带向被动性。③

依据薇依的说法，这是"另一种形式的顺服"（笔记5），是从顺服巨兽转为顺服必然，顺服神。"一切皆顺服神，因此一切皆美。真正明白这一点，人就是完美的。"④顺服使俄狄浦斯成就为古希腊悲剧传统中的完美英雄。

然而，即便如此，我们依然面临同样的困难。归根

---

① 《俄狄浦斯王》，行1422；见罗念生译，《罗念生全集》，页384。
② 《俄狄浦斯王》，行1346；见罗念生译，《罗念生全集》，页382。
③ 《悲剧的诞生》，页70。
④ 《论毕达哥拉斯定理》，见《柏拉图对话中的神》，页90。

到底，俄狄浦斯也和其他悲剧英雄一样，在承受属人极限的苦难时享有最大限度的尊严和声名。无论忒拜城的长老们，还是科罗诺斯的乡民们，均给予这个不幸中的人最大限度的认同。在俄狄浦斯王的身上，正如在所有悲剧诗人笔下的英雄们身上，始终笼罩着某种"希腊式的明朗"——

> 由于他承受的巨大痛苦，他对周遭施展了一种神秘的大有裨益的力量，这种力量甚至在他亡故后依然起作用……真正希腊式的快乐是如此之大，以至于有一种优越的明朗之气贯穿整部作品，往往打掉那个谜案的可怕前提的锋芒。在《俄狄浦斯在科罗诺斯》中，我们发现这同一种明朗，但它被提升到一种无限的美化之中……①

在加斐尔的苦难的尽头，我们看不到这样一种希腊的明朗的光照。加斐尔的下场不是别的，是生为人的存在的彻底否定。在众人眼里，正如在加斐尔本人眼里，英雄不再是一个人，取而代之的是一头兽或一件物的存在。

---

① 《悲剧的诞生》，页70。

加斐尔。他要自问："我存在吗?"

他更要自问："我是否被变身成一头兽?"（笔记
19）

随着威尼斯的审判，加斐尔的存在一步步陷入虚无。首先是十人委员会以国家理性为由公然践踏与加斐尔的誓约。加斐尔原本想保全所有同伴的性命。十人委员会却决定处死所有敌人，而单给加斐尔一条活命及若干赏金。这个审判否定了加斐尔的善意初衷，把加斐尔正式定义为一个叛徒。

其次是书记官执行判决。这位书记官和何诺一样拥有非凡的洞察力和丰富的巨兽政治经验。他准确地预言了加斐尔的一系列情绪反应。面对加斐尔的哀求和绝望，他采取不理不睬的应对方式。这种沉默是最可怕的暴力，是书记官对加斐尔的进一步的审判。在整个威尼斯，书记官是唯一真正了解加斐尔的人，恰恰也是他带头无视加斐尔的存在。书记官的态度最终还引致威尼斯人在终场时的一场审判。

加斐尔的受难贯穿了整部悲剧的最后一场戏（第三幕第四场）。这个从愤怒到绝望的经历，书记官一步步毫无差池地预见到了（第三幕第一场）。英雄在得知真相的起初，先如阿喀琉斯一般，为不公正的现实而怒火中烧、大发雷霆。一开始，他似乎还拥有如神一般的力量，似乎还有机会替天行道。

> 我绝不低头，宁可死亡和酷刑
>
> 威胁我的朋友们、我和我所珍惜的每个人，
>
> 宁可有一千人死，我也不低头。
>
> 看哪！惩罚你们的时刻临近了！……
>
> 苍天有眼必会惩罚这些藐视誓言的人。
>
> 苍天若无所为，我必亲自出手。
>
> 从此我活着的唯一目标是威尼斯的沦亡。

书记官果断地命令手下除掉他的武器，并且从头到尾毫不回应英雄在愤怒中的诸种说辞（辱骂也好，说理也罢）。等到他明白愤怒无济于事时，愤怒就会自动平息。这时，他首先会想起他平日里最关心的人，那些被囚困的同伴们，特别是皮埃尔。他因为想起皮埃尔而悲痛万分。因为他的过错，苦涩的死神正靠近他的朋友，而他无能为力，给不出一丝帮助。

> 吾友，可怜你命丧黄泉，
>
> 我杀了你，我却还得活。
>
> 他的骨在严刑下撕裂作响，
>
> 他的膝在死神面前打颤。
>
> 我失去他，我无能为力，

孑然一身，没有武器和支援。

他刚才还在愤怒中挑衅和辱骂他的敌人们，这时他转而苦苦哀求他们手下留情。他求书记官带他去见十人委员会。他求侍从带他去见书记官。他跪在地上，对着敌人叫恩人，自愿成为"永远的奴隶"。他把最后一线希望寄托在造成他如此困境的人身上。他只求他们不要杀他的同伴。然而，无论书记官，还是众侍从，他们只是转过身，连看也不曾看他一眼。他向人世间喊叫却无人回应。在残忍的寂静里，人世间断然否认他的存在。威尼斯让人闻风丧胆的酷刑也不及这样的杀伤力。

> 从前我说话有人倾听回应，
> 我在众人面前一诺千金，
> 我是一个人，而今却不比一头兽，
> 最需要时说话无人听懂，
> 灵魂哀号只是徒劳的渴求。
> 痛苦不得出声，罪恶只惹人厌。
> 四周冷漠的人们面无表情，
> 听到的片言只句是伤人心的噪音，
> 无人回应我。怎样的厄运降临我身？
> 我该在荒漠里流浪一生吗？
> 莫非在梦中？我忽而不再是人类？

他陷入绝望和沮丧之中，不能自拔。四周的寂静好似永恒。在他心里渐渐升起一丝疑问。从前的自己只是一场幻影。他从来不曾是高贵勇敢的英雄。他从来不曾在众人眼里犹若天神。他从来不曾是自由自在的人。他从来不曾真正意义地存在过。他从来就是一头身陷绝境的兽。他从来就是一个捆绑在洞穴中的囚徒。

> 陷入这境况的人是我吗？
> 从前享有美好的名声
> 众人拥护和尊敬的人是我吗？
> 有一位朋友相惜的人是我吗？
> 我在做梦。一切都是梦。
> 从前和今天我是一样的卑贱。

疑问转化成肯定，苦难的尽头也就有所领悟。在古希腊悲剧诗人笔下，此刻除了诸神降临（往往伴随英雄的死亡），别无解决方案。薇依有意延长这个关键性的悲剧时刻，以便尽可能清晰地向我们展示，完美的英雄在这瞬间里究竟有可能发生何等惊人的变化。

我们每时每刻都有可能遭逢困境，并在困境中忍不住地自我审问，犹如在洞穴里的囚徒突然发现被解开了束缚，被迫站起来，转头，走动，看见，开始怀疑原先自以为看见的只是影子。每个最微小的动作都带来撕心裂肺的疼痛。每个活在世间的人都能体会到这样的疼痛，好比日复一日，诸种生离与死别。我们倾尽一生都在学习如何承受这样的撕心裂肺的疼痛，因为，在我们的认知里，这就是苦难的尽头。

然而，对于完美的悲剧英雄而言，这只是苦路的起点。

在解释柏拉图的洞穴神话时，薇依一再地强调囚徒走出洞穴有两种截然不同的做法。我们大多数人只是在洞穴中一动不动，闭上双眼，想象自己爬出洞穴，看见外面世界的美景。我们还"想象自己在这次旅行中遭遇了一些磨难，好让想象更加生动逼真，这个做法会让人生舒适无比，自尊得到极大满足，不费吹灰之力就拥有一切。"① 我们以为我们的磨难值得一次看破人世的奖赏，但我们无非是辗转在愤怒、悲痛、求饶和绝望之间无意义地自我消耗。我们的全部努力在于平息那撕心裂肺的疼痛，恢复如常，回到在黑暗中全身缚着链条不得动弹的原样。我们一次又一次地辜负真正走出洞穴的机会。

和我们大多数人不同的是，完美的悲剧英雄切切实实地被强拉到那条通往洞口的路。他要走出洞穴，面对太阳，眼睛如瞎了一般。这是一个"暴力而苦楚的过

---

① 《柏拉图对话中的神》，页174。

程"①。单单是留在洞穴里一动不动地感受生离死别就带给我们撕心裂肺的疼痛，走出洞穴是一条艰难太多的路，没有相关经验的我们无从想象那样的苦路。

在踏上苦路以前，"加斐尔说话而无人应答"；在踏上苦路以后，"别人对他说话而他不回答"（笔记15）。我们只能猜测加斐尔的灵魂发生了惊人的变化，却无从了解这个变化的样貌。在这个过程中，加斐尔本人沉默无语。"在他的灵魂深处究竟发生什么，始终是一个谜。"（笔记9）我们只能从他与周遭的关系中寻求蛛丝马迹。

周遭的人们叫他叛徒、胆小鬼、走狗、坏蛋。至少他们和他本人一样相信，他不再是从前那个加斐尔。他的名字叫犹大。他是背叛两次的叛徒。"世间真有这样坏的人吗？"

侍从说："我真想掐死他，就像掐死一头发臭的野兽。"

巴西奥说："他让我觉得恶心，就算死一千次也不冤枉。"

学徒说："不杀他吗？还留一条狗活着？我光看他就恶心，真想掐死他。"

他蜷缩在角落里，变成一头困兽，变成一件无生命迹象的物，变成一种污秽，任谁看他一眼也要玷污了

---

① 《柏拉图对话中的神》，页175。

眼睛。

　　　　他自然活不久。谁人不嫌弃他？
　　　　就是罪犯也会拒绝收容他。
　　　　大地也会厌烦长久地负担他。

　　他们说："让这人活着天理难容。"他们百般戏弄他，恐吓他，朝他吐唾沫，押送他，拖他去送死。而他却不言语，一句也不回答。"他被欺压，在受苦的时候却不开口。"① 这样的场景我们似曾相识，与我们在福音书中读到的耶稣受难如出一辙。② 我们知道这是人世间可能存在的最高级别的酷刑。加斐尔的内在世界必须也正在经历同等级别的变化，才有可能以如此寂静去承受外在世界的苦路。

　　我们在古希腊悲剧中没有找到加斐尔的原型。这是因为，完美英雄的原型不在悲剧诗人的笔下，而在哲人柏拉图的对话里，完美英雄的原型不是别人，就是《理想国》卷二中的完美义人。

----

　　① 《以赛亚书》，53：7："他被欺压，在受苦的时候却不开口，他像羊羔被牵到宰杀之地，又像羊在剪毛的人手下无声，他也是这样不开口。"
　　② 《马太福音》，15：61，65："耶稣却不言语，一句也不回答。就有人吐唾沫在他脸上，又蒙着他的脸，用拳头打他。"《路加福音》，23：9："于是问他许多的话，耶稣却一言不答。"

让我们假设一个义人形象，正直而高贵，如埃斯库罗斯所说，追求"善的本质，而不是善的表象"……他虽然从未行不义，却必定拥有最大的不义的声名，这样他的正义才能受到考验，他才能证明自己没有被坏声名及其后果所挫败，而是相反，始终坚持不变，一生被人看作不义者，而本质却是义人……在这种处境下，义人遭受严刑拷打、戴着镣铐、烧瞎眼睛，在受尽各种苦楚之后被钉上十字架……①

这是薇依最常援引的柏拉图的段落之一。并且，这个段落往往与薇依最常援引的福音书中的另一句话相连——完美义人不为世人所知，连诸神也不相认，最终化作耶稣在十字架上的呼告："我的父亲，为什么离弃我？"② 加斐尔的原型因而既是柏拉图的完美义人，又是福音书的耶稣。在加斐尔的经历中，不但有福音书式的审判和受难，作为进一步的佐证，还有福音书式的试探。在谋反行动的前一天，何诺把威尼斯指给加斐尔看，告诉他这一切将交到他手里。就如魔鬼当初领耶稣上高山，霎时间把天下的万国指给他看，对他说："这一切权柄、荣华我都要给你，因为这原是交付我的，我愿意给谁就

---

① 《理想国》卷二，360e，361b－c，361e－362a。依据薇依的法文译本译出。
② 《马可福音》，15：34；《马太福音》，27：46。

给谁。"①

薇依不止一次将完美义人的形象与耶稣的受难形象合二为一，也不止一次地强调我们常常忽略的一个重要事实。耶稣活着时必须如完美义人在世人眼里"拥有最大的不义的声名"，必须如柏拉图所言被剥光一切正义的表象。世人不知耶稣代表完美正义，连门徒也不知，彼得因受巨兽力量的影响乃至三次不认耶稣。我们如此熟悉的耶稣形象所带有的光环在一开始并不存在。

> 耶稣活着时罕有声名。最后的晚餐以后，他更是丧失了全部声名。门徒抛弃了他。彼得不认他。如今，伴随教会的存在、二十个世纪的基督宗教史，耶稣浑身上下裹满声名的光环。在他活着时，不幸之中坚持做他的信徒却是多么难啊……柏拉图早就知道，真实而完美的正义必须不带声名。基督受难的本质不在苦难，而在声名的消亡。②

世人皆爱英雄。我们爱英雄，岂不是爱英雄身上的光环？那声名的光环里头岂不是寄托着我们信奉的诸多

---

① 《路加福音》，4：5-6。
② 《柏拉图〈会饮〉义释》，页240。

价值，我们珍惜的诸种美德?① 开场时众官兵对加斐尔的爱戴，世人对耶稣死而复生的力量的信仰，岂不是应了巨兽的教诲？

但我们大抵还知道另一种爱。爱一个人，是因为看见对方身上的美，那美是没有声名的，别人都看不出，单单一个人看见了，心里疼惜那美的脆弱。那是加斐尔对维奥莱塔的爱。与光环无关。与声名无关。与卓越无关。经历这样的爱的认知的人在那一刻大抵都会情愿为这爱付出所有，并把这认定为一种公正。

古今中外的文学讲述了无数这样的例子。可惜的是，文学在成就这种爱的不朽的同时也促使它裹上新的光环或者，巨兽的虚妄的光环。自然，这不是能够单纯归咎于文学的过错，正如不单纯是爱的叙事被蒙上了光环。薇依借助一出悲剧所要尝试的归根到底是还原柏拉图的意愿。从完美义人身上剥下正义的光环。从悲剧英雄身上剥下苦难的光环。

我们必须承认我们太清楚何谓苦难的光环。这是一

---

① 笔记8："对我们而言，诸如价值这样的东西并不真实。然而，借助那遮蔽感知的想象，诸种虚假的价值同样剥夺了感知本身的现实性，因为，这些价值不是被摧毁，而是在与之相连的感觉里直接被读取。因此，只有彻底的超脱才能撇开虚假价值的迷雾，看清事物的本质。所以约伯需要毒疮和粪便为他揭示世界之美。"

种慰藉让我们忘却真正的公正①。我们在情愿为爱付出所
有的瞬间领悟到的公正。我们误以为互有回报的爱才算
公平，殊不知爱不成比例（没有回报）才是一种公正。
我们必然地陷入爱的失意，蒙受生离死别的疼痛。在疼
痛和怨恨中我们进一步忘却柏拉图的教诲。爱欲的回报
并不来自被爱者，而是来自爱者自身灵魂的美的攀升。
我们把爱的失意甚至上升为爱智者的不幸。我们原本有
一次走出洞穴的机会。但我们多么骄傲！我们从幸福的
欠缺中延伸出一种悲哀。我们转而公开痴迷起不幸、苦
难和不均衡。我们留在洞穴里一动不动，焦虑地寻求自
我毁灭。

　　"自古希腊以来，第一次重拾完美的英雄这一悲剧传
统。"这句话自本文开篇以来在我们脑海中萦绕不去，现
在我们大约可以明白薇依的意思。加斐尔受难，悲剧中
的英雄因义行而蒙受不义的下场。这样的安排正是要为
我们这些深受巨兽影响的眼睛还原出古希腊悲剧传统中
的英雄原貌，正是要让我们这些痴迷于苦难的光环的现
代心智放下自我毁灭的傲慢和悲哀重新领会古典的均衡。

---

　　① 《笔记·卷三》："面对耶稣之所以被钉在十字架上的恶，怎么可能
找到一种慰藉。带着恐怖的心沉思这种恶本身，并且放弃任何慰藉，这才
是真正的公正。"（*Cahier*, *III*, *in Œuvres complètes*, Gallimard, 1994, p. 279）

酒神的伴侣

在笔记中，薇依列出两部作为参考的古希腊悲剧。一部是索福克勒斯的《俄狄浦斯王》，另一部是欧里庇得斯的《酒神的伴侣》（笔记10）。我们已经了然俄狄浦斯的形象与完美英雄的关联。《酒神的伴侣》是欧里庇得斯的晚年作品。提起这部隐晦的悲剧，我们很难不想到尼采，并进一步想到薇依与尼采的微妙分歧[①]。本文既然多次援引尼采谈论悲剧的诞生，有必要在这里一并做出交代。

忒拜城是不敬狄俄尼索斯的城。忒拜城又是狄俄尼索斯的城。因为，狄俄尼索斯本是忒拜老王卡德摩斯的女儿所生。欧里庇得斯讲述了一座不认识自己的城邦的故事。狄俄尼索斯回到希腊，首先要回归自我，回归忒拜这座母邦。这座城邦因为渎神而受罚。惩罚的过程就是神子狄俄尼索斯的受难过程。

然而，欧里庇得斯以极尽扑朔迷离的叙事方式讲述的受难故事的英雄主角竟然不是狄俄尼索斯，而是他的

---

① 薇依写给其兄长安德烈·薇依的信："尼采并不让我觉得可以轻率对待，只是让我有一种无法抑制的几乎是肉体上的反感。就连他在解释和我想法一致的东西时，也让我觉得不能容忍。我情愿在言语上相信他是个伟人，却不愿亲眼看见他……"（参看《柏拉图对话中的神》，页320–321）

绝顶聪明的敌手彭透斯。彭透斯是忒拜城的新王，同样是卡德摩斯的女儿所生。从词源看，Πενθεύς 与 πένθος 相连，字面意思是"忧愁"，欧里庇得斯偏偏说狄俄尼索斯的职司是"驱散忧愁"（行383）①，足见这对表亲的关系非同一般。

和所有悲剧英雄一样，彭透斯嫉恶如仇。在他眼里，狄俄尼索斯的神道就是恶。他公开迫害酒神仪式，称之为"伤风败俗的狂欢"（行232），"在全希腊人眼中是非常可耻的事"（行779）。他"胆气冲天，想用武力征服不可征服的力量"，"怒气冲冲，不懂得控制自己的情感"（行641）。这位忒拜城的王者憎恶肆心的阿佛洛狄特女神，相信自己正在率领一场反对肆心的正义之战，殊不知他的所行所为无不是肆心。"他是凡人，竟敢同天神作战"，并且大战了一夜，最后"疲倦了，扔了剑，昏倒在地"（行634起）。美妙的叙事细节。再典型不过。悲剧英雄彭透斯犯了渎神的罪，因此而受罚。他穿上女人衣服，佯装成酒神信徒。彭透斯原本轻视女人，仇恨酒神仪式，他受的惩罚因而是变成自己最不愿意成为的那个样子。他变成自己心目中的敌人。

然而，发生在佯装的彭透斯身上的惊人变化不止于此。"我看见两个太阳，两个忒拜。"（行918）佯装的彭

---

① 本文中的《酒神的伴侣》引自罗念生译，《罗念生全集》，第三卷，上海人民出版社，2004年。

透斯不意进入敌人的世界。这似乎意味着他原本的世界开始坍塌。他从前奋力捍卫的忒拜城在另一个忒拜城前摇摇欲坠。依据狄俄尼索斯神的意愿，他"现在看见应该看的景象"（行924），"现在变成应该变的样子"（行948）。他原本是坐在高处的王者，终于从那顶上跌下来，成为落入圈套的猎物，一声声痛哭，直到厄运临头。他被亲生母亲撕成碎片，做了狄俄尼索斯神指定的祭品。这个悲剧英雄在最后一刻清醒过来承认有罪。这无异于承认他一生坚持的正义之战只是一场梦。尽管并非出于本意，他最终完成了一次自我献祭。通过让自己的身体被彻底撕碎，他彻底撕碎了他不顾一切想要维护的巨兽系统。

这位渴望声名的高贵英雄从头到尾没有得到高贵的声名。在他还拥有王者的正义表象时，他的心愿是"看见许多人站在门前，听见全城的人称赞彭透斯的名称"（行319起），然而，不但卡德摩斯和特瑞西阿斯两位最受尊敬的老者训斥他轻浮愚蠢，就连卑微的牧人也语带嘲弄，直言不讳地声称害怕他"暴烈的性情、突发的愤怒、无限尊严的仪容"（行670）。在他佯装为酒神女信徒的不义表象以后，他"通过城市的时候成为忒拜人的笑料"（行857），而狄俄尼索斯一句意带双关的预言更含有多少可怕的讥讽意味："可怕的人啊，可怕的人啊，你要去遭受可怕的灾难，你会发现你的名声响到天上！"

（行972）他批评佯装成外乡人的狄俄尼索斯是个带女相的客人，结果却是他自己装扮成女人。他审判这个外乡人，恨不得让忒拜人像对待一个引起公愤的人那样用石头把他砸死，结果却是他自己被审判，被误当成野兽死在愤怒的狂女们手里。这个不折不扣的悲剧英雄的受难看起来竟像是一场自食其果的闹剧。

> 彭透斯：快引我通过忒拜城的中心吧。众人之中唯有我有胆量做这件事。
>
> 狄俄尼索斯：唯有你，唯有你担得起城邦的重任，所以才有应该等待你的奋斗在等待你。（行961起）

耐人寻味的对话。虚虚实实，难以分辨。这是疯癫里的真言，还是苦涩中的嘲弄？究竟又是谁的忒拜城，谁该担起的重任？欧里庇得斯笔下的这群人物仿佛陷入某种超越常识的永恒回返之中，犹如真空中的失衡状态，以往忒拜城中教授过的种种美德和价值的经验骤然失效。"把龙牙种在地里"的卡德摩斯反被变成龙。在声名上败坏狄俄尼索斯母子的阿高厄反成为杀死亲生儿子的凶手，她一门心思把酒神信徒赶出忒拜，反成了信徒中的祭司被赶出忒拜。作为某种对应，狄俄尼索斯神初次被忒拜卫兵捉住时则被戏称为"野物"："这野兽很驯良，他不是偷偷地逃跑，而是自愿地把手伸出来，笑着让我们把他捆起来带走，他待在那里，从容忍受。"（行435起）前一刻是王者，下一刻沦为野兽。前一刻是猎物，下一刻变身为猎人。

有别于尼采看出欧里庇得斯的反酒神倾向或反悲剧传统用意，薇依从这出悲剧里看到死而复生的狄俄尼索斯作为从古代秘教传统到福音书传统的一种延续代表，并把受难的狄俄尼索斯视为完美英雄的另一典范——我们不会忘记，彭透斯审讯狄俄尼索斯的场景确乎让我们想到比拉托审讯耶稣。一个看出分离，一个看出整合，但重点也许在于他们终究看出的是同一个问题症结。

欧里庇得斯告诉我们，狄俄尼索斯佯装成一个无名的外乡人。而事实上，狄俄尼索斯的真实身份确乎就是一个身在故乡的外乡人，自出生起他就被流放出希腊，如今他回来了。他在全希腊却无声名。他的声名来自外乡。除了从外乡带来的女信徒外，他在忒拜城中并无一个真正的信徒。老王卡德摩斯貌似公开敬神，却只是为了家族的声名。[1] 先知特瑞西阿斯同样自有顾虑。在故乡，狄俄尼索斯的神道不被理解，处处蒙受不义的声名。他的真信徒们和他一样没有声名，"过清洁的生活，诚心

---

① 卡德摩斯告诫彭透斯："即使他不是天神，也要姑且承认他是。只要撒个漂亮的谎，塞墨勒就会被认为是神的母亲，我们整个家族也就有了光荣。"（行331起）

加入狂欢队，带着拔除污染的神圣祭品到山上敬礼狄俄尼索斯"（行72起），反倒是他的伪信徒们，比如那自封祭司的阿高厄，带着不洁的祭品到山下祭神，试图把属神的荣誉完全归于她们自身。

> 加斐尔。在戏中某个时候要让人感觉，善才是不正常的。事实上，在现实世界本亦如此。人们没有意识到而已。艺术要呈现这一点。（笔记7）

从头到尾，呈现在我们眼前的狄俄尼索斯只有一个无名外乡人的表象，直至退场时，神自屋顶现身，宣告对忒拜城的卡德摩斯王族的最后审判。然而又一次地，狄俄尼索斯施行正义却没有正义的光环。卡德摩斯抱怨这位神太严厉，"不应该像人，动不动就生气"（行1348）。阿高厄在绝望中对父亲哀号："狄俄尼索斯王多么凶狠地侮辱了你的家！"（行1376）早在开场时，狄俄尼索斯却已告诉我们，卡德摩斯的家就是他的家，忒拜城邦就是他的城邦。当彭透斯从高处摔下而他坐到高处时，他对彭透斯的预言同样也应验到他自己身上，连同这句预言中所含带的全部可怕的讥讽意味："可怕的人啊，可怕的人啊，你要去遭受可怕的灾难，你会发现你的名声响到天上！"（行971起）狄俄尼索斯牺牲了忒拜，凶狠地侮辱了他自己的家族。通过将卡德摩斯王族流放，让彭透斯受难，狄俄尼索斯将自己流放，让自己受难。先知特瑞西阿斯预言狄俄尼索斯将成为"全希腊的最伟大的神"（行 272 起），特瑞西阿斯的预言从不会落空。然而与此同时有一个事实也永远改变不了："他的名字在忒拜城不光彩。"（行 1378）

　　受难。受难情绪之一或许在于，倘若一个人不想让周遭的人蒙受痛苦、耻辱和死亡，那么他必须要独自承受这一切，不管他愿不愿意。类似于某种精准的数学运算，排除多少罪过，就要承受多少不幸来抵偿，这样灵魂才能顺服恶（却是另一种形式的顺服）。反之亦然，一个人的美德在于把正在承受的恶保留于己身，在于不借助行动或想象把恶散布到自身以外并以此摆脱恶。（笔记 5）

　　这是薇依在笔记中定义加斐尔的受难。这个定义同样解释了欧里庇得斯的《酒神的伴侣》中的双重受难。不但彭透斯作为悲剧英雄的受难没有高贵的声名，狄俄尼索斯神作为完美正义的原型同样没有正义的声名。这是一对完美的敌手。他们的战争里既没有苦难的光环，也没有胜利的呐喊。叙事呈现出了某种类似于数学运算的精准。彭透斯承受多少恶，狄俄尼索斯就将同等的恶保留于己身。

这个定义同样适用于尼采对欧里庇得斯的解释。[①] 这位肃剧诗人一生都在英勇地反抗狄俄尼索斯神，临了却在晚年的作品里充当酒神的伴侣，带领歌队大声赞美这个敌手。对于欧里庇得斯而言这与自杀无异。然而，欧里庇得斯正是通过这样一场自我献祭把狄俄尼索斯神彻底地赶下了希腊悲剧舞台。从某种程度而言，发生在欧里庇得斯身上的受难事件既然同样发生在尼采本人身上，又何尝不是也同样发生在薇依本人身上？大凡真正的"酒神的伴侣"，须是来者不善，善者不来，应了老禅师的一句垂示：英灵的汉，有杀人不眨眼的手脚，方可立地成佛。

有关完美英雄的出路，薇依在其残缺的书写中留给我们这样一些线索。"第二幕结尾处，加斐尔的沉思时刻，也是现实进入加斐尔内心的时刻，这是因为他当时全神贯注。"（笔记10）在第二幕中，加斐尔与众人一一对话，皮埃尔、何诺、维奥莱塔乃至众军官，这些对话就如狄俄尼索斯与彭透斯的对话，用尽双关，而不动声色。直至最后一刻，当加斐尔独处时，现实进入他的内心。加斐尔全神贯注拥抱的现实就是他的没有声名的爱。

　　她在黄昏里灿烂欢悦，

---

① 尼采，《悲剧的诞生》，页90。

黄昏里人们也完整骄傲。

太阳最后一次照见她的光彩，

天地若有知，必起怜心，

但天地未静止，我亦无怜心。

满眼的美景，将死的她，

我焉能不学天地的无情？（第二幕第十六场）

在加斐尔的黄昏悲歌里，她既是维奥莱塔，她也是威尼斯。在我们这些常人眼里，完美的英雄无非是一个失恋的情人和一座失意的城邦。然而，世间多少失恋的情人和失意的城邦，又有几个做得到在苦难中全神贯注地拥抱真实？加斐尔做到了。他撕碎自己的身体，才使维奥莱塔迎来威尼斯的新生。而她必须看不见这一切。她必须一无所知。她一醒来就歌唱威尼斯与大海的联姻。完美英雄没有正义的声名。

附录二

薇依的门

吴雅凌

1960 年，诗人米沃什如此评价：

> 西蒙娜·薇依是法兰西文明对当今世界的珍贵
> 献礼；这样一位作者活在二十世纪实属奇观——但
> 有些时候，不可能发生的恰恰发生了。[1]

薇依一生留下的纯文学作品屈指可数：几首诗，[2]一
部模仿古希腊悲剧的未竟剧作《被拯救的威尼斯》、[3]一篇
题为"超自然认知绪言"的小寓言。[4] 这些文字纯净隐

---

① 参见米沃什，《西蒙娜·薇依的重要性》，中译本见薇依，《柏拉图对话中的神》，前揭，页 330。

② Gallimard 版薇依全集的"文学作品子集"迄今未问世。1968 年版的《诗集》（*Poèmes suivis de Venise sauvée*, *Lettre de Paul Valéry*, Paris：Gallimard, Collection Espoir, 1968）一共收录了十首诗。参见《柏拉图对话中的神》，前揭，页 294–314。

③ Simone Weil, *La Venise sauvée*, *in Poèmes*, Paris：Gallimard, 1968, pp. 41–134.

④ 《柏拉图对话中的神》，前揭，页 1–2。

约，带有奇异的神秘气息。想要全面理解薇依的信仰和哲学，尤其如米沃什所强调的"不合时宜性"，忽视这些文字是很可惜的。

有人说，为了保留几首不为人知的小诗，薇依情愿舍弃自己的其余所有作品。[①] 直至生命的最后时刻，在伦敦寄出的家书中，她还在牵挂这些诗，希望有机会"按写作先后顺序"一并发表。[②]

在薇依的诗中，《门》尤其隐晦玄妙，富有神秘气息。薇依于 1943 年 8 月逝世，这首诗写于 1941 年 10 月。那年薇依参加了葡萄秋收。从诗中的"果园""花儿"等意象中，我们尚能感受到特定的季节氛围。细细读来，这首看似不起眼的小诗非但结构精妙，别有深意，而且充满构成薇依思想的关键语词和意象：门、果园、异邦人、寂静、等待、受苦、希望、重负，等等。这里以"门"（la porte）、"果园"（les vergers）和"我们"（nous）为例，探究字眼的工作不仅是理解这首诗的根本，也为我们接近薇依的精神世界打开一扇可能的"门"。

---

① 语出佩特雷蒙（Simone Pétrement），薇依高师时代的同窗密友，也是她最重要的传记作者。参见 Janine Plagnol, *Poésie et musique des sphères*, *SW et Rilke*, in Cahier Simone Weil, TomeXX – N° 3, septembre 1997, p. 194.

② *Poèmes*，前揭，页 7 – 8.

一

《门》作为开卷语最早发表在 1962 年的《关于神的爱的无序思考》，并附有题铭："尘世是关上的门。一道屏障。同时又是通道。"[①] 1968 年的《诗集》重新收入这首诗，但略去题铭。

整首诗共五节，每节由四行诗构成，遵守交叉韵（以首行为例：vergers 和 étrangers 押韵，trace 和 place 押韵）。每节的中心思想大致如下：

第一节：人类在大地上流亡，像异邦人，找不到安顿之处，又丧失对"果园"的记忆。

第二节：在生存的困境中抗争，拼命敲门，但门紧闭不开。

第三节：采取另一种姿态，不再徒然敲门，转而毫不妥协地看着那扇门。本节每行诗中均用了一个与"看"有关的动词（regarder［张望］/ regarder［望］/ fixer les yeux［瞅］/ voir［看见］）。然而，这种新的努力亦是徒然。

第四节：彻底放弃希望，承认永进不了门。就在此时，门自行打开（注意，动词由现在时变成简单过去时）。

第五节：门后没有预想的花儿、果园、冰冷的泉水，

---

① Simone Weil, *Pensées sans ordre concernant l'amour de Dieu*, Paris：Gallimard，1962, p. 11.

而是一片寂静，一个充满光照的实在。在 1942 年的那封题为"精神自传"的著名书简中，薇依向佩兰神父坦述自己背诵《主祷文》时的神秘体验，与这里的说法非常相似：

> 有时，经文的头几个字就使我的思想飘然离肉身而去，转入空间以外的某处，从那儿望去，一片冥芒。空间敞开了……呈现为一片寂静……①

简单地说，整首诗传达了两层意思。首先，人类在门前无论做何种努力都是徒然。其次，门不会因人的意愿而开，门内的世界也不以人的意愿为转移。

在结构和技法方面，第四节第四行诗（La porte en s´ouvrant laissa passer tant de silence ["从前门启开为万般寂静放行"]）是关键。整首诗以此行为界，分作两部分。前一部分十五行诗，后一部分五行诗。两部分在很多方面有显著差别：

首先是格律。前一部分每行采取"六音部＋七音部"的形式（以首行为例：Ou/vrez/ nous/ donc/la/por < te > ＋ et/nous/ve/rrons/les/ver/gers），后一部分每行采取"五音部＋四音部＋四音部"的形式（同样以首行为例：

---

① Simone Weil, *Attente de Dieu*, Paris：Fayard, 1966, pp. 48 – 49.

La/por < te >/en/s′ou/vrant + lai/ssa/pa/sser + tant/de/ si/lence）。第二部分由五行诗组成，每行以五音部起头，富有音乐美感，显然是诗人有意成就的"巧合"。

其次是时态。前一部分用现在时（兼用将来时），后一部分用简单过去时。

再次是人称。前一部分用第一人称复数，以"我们"为名做出陈述，后一部分用第三人称单数，中性地叙述某个过往的事实。

最后是行文风格，前一部分诗行简洁，顿挫明显，有多行由一个六音部短句加一个七音部短句组成，相比之下，后一部分的诗句全是长句，更繁复、流畅，甚至出现了薇依诗中罕见的跨行现象：第四节第四行跨行到第五节第一行，第五节第二行跨行到第三行。

同一节里变换格律、时态和人称，这种做法相当罕见。第四节第四行以"门"（la porte）开头，从某种程度而言，它确乎就像一扇门，不仅区分了诗歌的两个部分，也区分了薇依语境中的两个世界：第一部分的门外世界和第二部分的门内世界。

整首诗重复六次出现"门"（la porte）这个词：第一、三节各一次，第二、四节各两次。第五节没有出现，仿佛门一经打开，也就随之消失，不再是一个"屏障"，而化身为无处不在的"通道"。

"尘世是关上的门。一道屏障。同时又是通道。"这句题铭后来收入《重负与神恩》的"中介"篇，并紧接下文：

> 在两间相邻的牢房里，两个囚徒以掌击墙传递信息。墙将他们分开，却又使他们得以交流。我们和神也一样。每种分离都是一种联系。[①]

再清楚不过。门隔开的这两个世界，一个属人（"我们"），另一个属神。这两个世界的交流，不是人主动寻求神，而是如薇依在《基督精神预象》中的标题所示："神寻求人"（quête de l'homme par Dieu）。

二

里尔克用法语写过七首《果园》。在第一首开篇，他声称自己胆敢用"借来的语言"（langue prêtée）写作，仅仅为了使用法语中的"果园"（verger）这个字。长久以来，这个"未经雕琢"（rustique）的字绝无仅有地纠缠着他的灵魂。[②]

"果园"是什么？我们不可避免地首先想到耶和华在

---

① Simone Weil, *La Pesanteur et la grce*, Paris：Plon, 1988, p. 228.

② Rainer Maria Rilke, *Vergers suivis d'autres poèmes franais* (Paris：Gallimard, 1978), p. 47. 在法语中，vague 用作阴性指波浪，用作阳性指虚空，里尔克在这里用的是阳性，却以形容波浪的倾覆性加以修饰，手法很巧妙。同样，clôture 既是围墙，也是围墙内的禁区。

东方的伊甸所立的那个园子，那个长满果实、有清泉流过的园子，自从亚当和夏娃这对祖先被赶出以来，确乎长久纠缠着人类的灵魂。

《创世记》中的这段叙述人人皆知。神为人造了园子，人又被永远赶出家园。这两点像是老生常谈，却值得我们一再注意。里尔克的说法很巧妙。他对"果园"做出两个充满辩证意味的界定：倾覆［一切］的虚空（un vague qui chavire），或捍卫［一切］的禁地（un clôture qui défend）。

在薇依的诗中，果园恰恰兼具这两层含义。第四节中，果园就在眼前，却永远进不去（"禁地"）；第五节中，在某个神性临在的瞬间，果园幻化成承载虚和光的无边空间（"虚空"）。

让我们从头看起。诗中的我们在哀求：请打开门吧，让我们看见果园。果园中有什么？也许如里尔克所言，果园中掩藏着一个"古远的春天"。那里从前不仅有纯洁欢乐的初人，还有悦人眼目的树木、可作食物的果子和滋润土地的河水。让尘世中的受苦人万般想望。但果园是有死者的禁地；我们被永远地驱逐，命定要终日"汗流满面"，"耕种自出之地"。任凭我们一次次尝试，任凭我们长久等待、焦灼和哭泣。门作为唯一的进口，经年有"火和剑的把守"，①紧闭不开。以《圣经》创世叙事

---

① 《创世记》，2：8起；2：9－10；3：23；3：24；3：18。

来解释薇依的诗，再恰当不过。

　　然而，第二行诗中出现新的意象，打破了我们刚刚建立起来的确信。果园中有什么？一汪冰冷的水（eau froide），水中有月的踪影。我们干渴难当，必须喝园中冰冷的水，才能获得救赎。尽管《圣经》中不乏干渴的譬喻，但这里的说法明显属于另一种古老传统。

　　在笔记中，薇依郑重其事地译出并多次修改一段俄耳甫斯秘教铭文。柏拉图对话中也曾数次援引这段铭文。我们不应忘记，薇依是柏拉图的忠实信徒，而柏拉图据说又是古代秘教传统的继承者。

　　　　你将在哈得斯的左边看见一汪泉水，

　　　　有株白柏树伫立在不远处：

　　　　不要靠近这泉水，在旁边就好。

　　　　你还将看见另一汪泉，从记忆的湖

　　　　涌出冰冷的水：园丁们看守在前面。

　　　　你要说："我是大地和布满星辰的广天的孩子，

　　　　我是天空的后代。这一点你们都知道。

　　　　我如此干渴，我已死。快些给我

　　　　从记忆之湖涌出的冰冷的水。"①

━━━━━━━━

　　①　公元前四世纪至前三世纪的俄耳甫斯铭文（OF 32 F）。参看《柏拉图对话中的神》，前揭，页153。

我们今天对秘教传统所知不多，只能隐约感受到它
在古代精神世界的根本而神秘的影响：厄琉西斯秘仪、
俄耳甫斯秘仪、狄俄尼索斯秘仪、伊希斯秘仪……这些
秘密进行、严禁泄露的崇拜仪式，个中细节唯有亲身参
与的人知晓。总的说来，参与者通过特定的入会礼仪，
在生前模拟死亡降临时灵魂的诸种考验。死亡、洁净、
复活，等等。依据上面这段铭文，入会者到了冥王哈得
斯的领土，暗示着灵魂已"死"，正走在地府。他必须走
到记忆女神的湖边，对看守的园丁念固定的咒语，才能
喝林中"冰冷的水"，获得救赎。

这个喷涌着冰冷的水的所在，有时还被称为"珀耳
塞福涅的树林"。珀耳塞福涅本是宙斯和德墨特尔之女，
被哈得斯劫走，做了地府的王后。薇依曾在译释的《献
给德墨特尔的荷马祷歌》中涉及这一传说的诗文。珀耳
塞福涅还是经历"三生三死"的狄俄尼索斯的母亲。在
薇依的解释下，长着牛角的狄俄尼索斯神恰恰是月亮的
化身。这样，我们不难理解第二行诗中连在一起的两个
晦涩意象：水中的月，犹如珀耳塞福涅怀抱中的狄俄尼
索斯，是死中复活的隐喻。

在解读古希腊作品时，薇依反复提及俄耳甫斯秘教
传统。显然，古希腊秘教在薇依本人的神秘主义精神历
程中具有非凡的意义。《门》中的果园有冰冷的水，门外
的人遭遇干渴，加上月的踪影，种种说法与俄耳甫斯秘

教传统完全吻合，不是偶然。薇依本人的笔记证实了这
一判断：

> 日与月，是独一、同一的神。夜里日化身为月。
> 这是同一种光……清澈的月华，让人不禁要畅饮。
> "从记忆之湖涌出的冰冷的水。"一种经历死亡的光。①

这段笔记清楚表明，喷涌着"冰冷的水"的果园，
必须从古希腊秘教传统中觅得根源。果园作为有死者的
禁地所含的隐喻和哲思，同样可以在古希腊文明中找到
踪迹。诗人赫西俄德曾在《劳作与时日》中追缅一去不
复返的黄金时代："人们像神一样生活，心中不知愁虑"
（行112），"沃饶的大地自动为他们出产丰沛的果实"
（行117–118），随后又无限悲凉地提到当下的黑铁年代，
人被神所抛弃，"从此无法逃脱不幸"（行201）。俄耳甫
斯秘教传承了另一段神话。由于赫拉妒恨，宙斯之子狄
俄尼索斯被提坦们撕成碎片，吞吃了血肉。宙斯在狂怒
中以雷电轰击提坦。从提坦（含狄俄尼索斯）的余烬生
成人类。② 人类因此具有双重天性：提坦的属人部分和狄

---

① Simone Weil, *Œuvres complètes*, VI, Cahier 3, Paris：Gallimard, 2002,
pp. 236–237.

② 据六世纪新柏拉图派哲人奥林匹俄多鲁的记载。参见奥林匹俄多
鲁，《柏拉图〈斐多〉注疏》，61 c。薇依在笔记中同样提到这个神话传说，
参见 *Cahier 3*，前揭，页167–168。

俄尼索斯的属神部分。

古希腊人相信，"人和神有同一个起源"。与此同时，他们也明白"人与神的无尽距离"："古希腊人受尽这种距离的纠缠，整个希腊文明就是这么形成的。"① 在世俗的尘烟中，人类离神圣渐行渐远，乃至遗忘自己的神圣起源。人生沦为一场无知的游荡，迷了路，遗忘了故乡。薇依在解释上述铭文时说："人生是一次遗忘。我们在尘世中遗忘超验、超自然的真实……救赎的条件是干渴。必须渴求这个被遗忘的真实，乃至感到干渴而死。"② 干渴产生欲求，让人睁开近盲的双眼，看见世界和自己。干渴让人欲求远古的果园，欲求在苦难的尽头获得喜乐，欲求神性在有死的人生中显现。

不论希伯来传统，还是希腊传统，果园在这两种语境里均承载着人类的起源记忆。这个苦涩的记忆，旧约称为"神把人赶出乐园"，希腊人叫作"人与神的无尽距离"。按薇依的话来说，这个记忆，正是"永恒而超自然的真实的最佳形象"。③

这样，在《门》中，果园有两个名称，既是珀耳塞福涅的树林，也是伊甸园。（有趣的是，写十四行诗献给俄耳甫斯的里尔克，同样显示出这种神秘而模糊的气

① 《柏拉图对话中的神》，前揭，页284。
② 《柏拉图对话中的神》，前揭，页153。
③ 《柏拉图对话中的神》，前揭，页190。

质。）我们由此初步领略了希腊传统与基督精神的奇妙结合。这两种精神并行不悖，实在让人惊叹。毕竟，果园不是别的，正是薇依一生探寻的"超自然认知"的所在，与人类的生存状况息息相关。

三

人类的基本生存状况是困境。在柏拉图处，困境是漆黑的洞穴以内。在旧约中，困境则是原初的果园以外。我们生活在"长出荆棘和蒺藜"① 的大地，燃烧的长路。我们全是异邦人。没有例外。

《以利亚升天》，罗马尼亚罗扎夫莱亚教堂壁画，16 世纪

(*Sfantul Ilie*, Biserica Rozavlea, Romania, sec. XVI)

---

① 《创世记》，3：18。

尘烟。盲眼。时光的重负。徒然的焦灼。在薇依简单而动人的笔触中，我们几乎要把这扇不可撼动的门当成一堵加缪所说的"荒诞而冷漠的墙"。但薇依拒绝佯谬，坚持同样如加缪所说的"清醒"姿态："再微小的贪恋也会妨碍灵魂的转变。"①在某种意义上，加缪宣扬的"地中海精神"与薇依思想极为亲近。

加缪笔下的异邦人在生命的最后一夜"向这个世界的温存的冷漠敞开心门"，他"感到从前是幸福的，现在依然幸福"。②薇依没有用"幸福"定义门前的人，反而以令人赞叹的坚决口吻，宣称他（她）不如抛却希望，继续与苦难相伴。《门》中的最后几行诗连续使用擦辅音 [s]（laissa passer tant de silence；seul l'espace immense），模拟苦难中的人类发出"嘶嘶"的呻吟。即便在门开的瞬间，惊鸿一瞥的异邦人也没少受苦，看见果园的真相并不意味着痛苦就此消逝。恰恰相反。

> 在人间，我们自觉是异邦人，被拔了根，永在流放。犹如奥德修斯，他在熟睡时被水手带走，醒来身在异乡，肝肠寸断地思念伊塔卡。雅典娜在这时擦亮他的双眼，他发觉自己其实就在伊塔卡。③

---

① 《柏拉图对话中的神》，前揭，页170。
② Albert Camus, *L'Étranger*，前揭，页187。
③ *Attente de Dieu*，前揭，页171。

醒来的奥德修斯没有认出故乡，以为命运又带他到了新的异乡，他困顿而绝望，身体灵魂俱伤。奥德修斯的苦难唯有以"穷途末路"形容，这是异邦人的苦难。在无路可走之时，雅典娜毫无预兆地现身，神恩降临，"清洗在尘烟中近盲的双眼"，他才认出故乡。注意两点：凭借自身的有死者的力量，奥德修斯不可能返乡；雅典娜女神的临在与奥德修斯的意愿无关。

困顿的奥德修斯让人想起波德莱尔《恶之花》里的那只天鹅，在干涸的尘土中拍打洁白的羽翅，再也认不出他乡是故乡。①无独有偶，赴死前的苏格拉底也曾自比天鹅，②他一生眷念雅典城，被判死刑也不肯逃亡外邦，偏偏却有人说他"像个让人引导的异邦人，不像本地人"。③

苏格拉底身上的这种他乡与异乡的纠结，在柏拉图的洞穴神话中得到了解释。作为少数走出洞穴、看见真实的人，哲人必须再回洞穴，与其他人同住黑暗中，识辨真相，维持洞穴（或城邦）的正义和清醒（《理想国》，卷七，518 c – 521d）。从某种程度而言，回到城邦的路犹如人生困境的极致，与赴死无异：身在故乡，形

---

① Charles Baudelaire, *Les Fleurs du mal*, *II*, *Tableaux parisiens*, 89, *le cygne*, Hatier, 2003, pp. 108 – 109.

② 柏拉图，《斐多》，68b。

③ 柏拉图，《斐德若》，230c。

同异邦人，同胞的愤恨，苦难的败坏。饮下鸩酒的苏格拉底走了这条路。骑驴进入耶路撒冷的耶稣也走了这条路，他心知苦路在前，绝望无边，忧惧难耐；他已到"穷途末路"，却说："不要照我的意思，只要照你的意思。"①看来在他乡与故乡的话题上，从苏格拉底到耶稣，从雅典到耶路撒冷，我们并没有走得太远。在《伊利亚特，或力量之诗》中，薇依一再强调希腊精神与福音书精神在苦难情怀上的这种相互承接：

> 如果说《伊利亚特》是希腊精神的最早显示，那么福音书则是最后一次神奇的现身。在福音书中，希腊精神不仅仅在于要求人们在一切善德之外寻找"天主的公义王国"，还在于人类的困境在一个同为神和人的存在者身上得到展现。耶稣受难的叙事表明，道成肉身，也要受苦难的败坏，在痛苦和死亡面前发抖，在绝望的尽头感觉被人和神抛弃。人类困境的情怀带来一种简朴的语气，这是希腊精神的标志。②

这样一种以耶稣基督为典范的异邦人姿态，最终使

---

① 《马太福音》，26：37－44；《马可福音》，14：36；《路加福音》，22：42。

② 《柏拉图对话中的神》，前揭，页34－35。

薇依站在基督教会的门外。我们不应感到惊讶。

在《门》中，"我们"（nous）无疑是使用最频繁的词，在第一部分的十五行中总共出现十八次，其中有六行重复出现两次（第一节第一行，第二节第一行，第三节第三、四行和第四节第一、三行），另外还有两次用到"我们的"（nos）。如此频繁的重复，可谓诗歌的大忌。初读之下，第一部分给人不考究、不精致的印象。[1]然而，第二部分的五行诗中，"我们"（nous）一次也没有出现。这种鲜明的反差不像巧合，而是诗人有意为之。

"我们"是谁？在第一部分的门外世界里，"我们"显然是困境中的人类，所有平凡的受苦人。然而，门自行启开（第二部分），神恩降临，"我们"也必须彻底消失，"完全死亡"。因为，"我们"唯一拥有的，就是一无所有，"我们"能奉献给神的，只有一无所有。这是异邦人的赴死姿态的本质，薇依称之为"我们的毁灭"。[2]

在门内的世界里，倘若一味执着于"我们"的存在，那么，"我们"势必要变身为如柏拉图所说的"社会的巨兽"，或《启示录》中"遍体有亵渎名号"[3] 的兽。"人们大可以声称自己顺服神，实际却在顺服巨兽。"[4]在薇依看来，受洗的教会和其他形式的"我们"一样，无法避

---

① 基于同样原因，汉译中酌情省略了几处"我们"。
② *La Pesanteur et la grce*，前揭，页73。
③ 柏拉图，《理想国》，卷六，493a-d；《启示录》，17：3。
④ 《柏拉图对话中的神》，前揭，页164。

免这个弊端。

在《超自然认知绪言》中，薇依以寓言形式讲述一次神秘的灵魂之旅。文中的"他"（神，或超自然真实）毫无预兆地现身，"我"顺从地跟随"他"，进入一座教堂，又爬上一个阁楼。"他"给"我"面包和葡萄酒，和"我"像老友般交谈，并躺在阁楼地板上，沐浴日月星辰的光照。有一天，"他"又毫无预兆地把"我"赶走，"我"忧惧而悲痛，但放弃找回那个阁楼的希望：

> 我的位置不在那个阁楼上。我的位置在任何地方，一间黑牢房，一间摆满小古玩和红色长毛玩意儿的中产阶级沙龙，一间车站候车室。任何地方，却不在那个阁楼上。①

离开阁楼，如同走出果园，回到洞穴。文中的"我"像耶稣、苏格拉底和奥德修斯一样，走到了他乡与故乡的困境尽头。"我"放弃成为阁楼上的"我们"，同时让自我彻底消失，化身为阁楼以外的所有人：黑牢房的囚徒、沙龙里的中产阶级、车站的旅人、工人、奴隶、妓女，等等。在教堂的祭台前，"我"宣称："我未受洗"（Je n'ai pas été baptisé）。这样一种"永远停留在教会的门

---

① 《柏拉图对话中的神》，前揭，页2。

槛上一动不动"① 的姿态，永远坚持边缘的立场，以流放
为永恒的故乡，正是薇依本人一生的坚持。

> 不应成为"我"，更不应成为"我们"。
> 城邦让人感觉身在故乡。
> 必须在流放中自觉身在故乡。
> 扎根于虚空之中。②

这四行文字再好不过地定义了薇依的精神姿态，流
放在他乡与故乡之间，扎根于虚空的边缘之地。就某种
程度而言，在二十世纪的思想殿堂里，薇依的"不合时
宜性"恰恰归因于这样一种对传统的天真的坚持，天真
到了放诞，到了冒犯权威的地步。作为基督徒，她不曾
受洗；作为柏拉图信徒，她不离基督精神的光照。她以
独特的方式执着于人类最根本的问题，穿行在一座座
"人类困境和神性完美之间的桥梁"。③尽管一路发出"嘶
嘶"的痛苦呻吟，但没有什么能妨碍她品尝到"葡萄酒
和面包"的真味。

　　如果可以，我愿把《门》视为薇依的一次个人秘仪
叙事。

---

① *Attente de Dieu*，前揭，页 54。
② *La Pesanteur et la grce*，前揭，页 91。
③ 《柏拉图对话中的神》，前揭，页 152。

图书在版编目（CIP）数据

被拯救的威尼斯：附薇依诗作 /(法) 西蒙娜·薇依著；吴雅凌译. -- 2 版. -- 北京 ：华夏出版社有限公司, 2025. (薇依作品集). -- ISBN 978-7-5222-0499-4

Ⅰ. I565.34

中国国家版本馆 CIP 数据核字第 2025928Z2G 号

被拯救的威尼斯——附薇依诗作

作　　者	[法]西蒙娜·薇依
译　　者	吴雅凌
责任编辑	王霄翎
责任印制	刘　洋
出版发行	华夏出版社有限公司
经　　销	新华书店
印　　装	三河市万龙印装有限公司
版　　次	2025 年 8 月北京第 2 版
	2025 年 8 月北京第 1 次印刷
开　　本	880×1230　1/32
印　　张	6.5
字　　数	115 千字
定　　价	56.00 元

华夏出版社有限公司　地址：北京市东直门外香河园北里 4 号　邮编：100028
网址：www.hxph.com.cn　电话：(010)64663331（转）
若发现本版图书有印装质量问题，请与我社营销中心联系调换。